JN087759

失格紋の最強賢者13
〜世界最強の賢者が更に強くなるために転生しました〜
著 進行諸島
Ill. 風花風花

おっ!?
やばっ……
2本目の矢をつがえようとしたアルマに、
鎧の異形の剣が迫る!!

させるかっ!!
!

ぐ、ぐあああああ!!
半魔族の体内で魔力が練り上げられ、
命を賭した「魔束砲」が発動する!!

殺せ‼
今すぐ、
手遅れになる前に‼

Contents

失格紋の最強賢者
～世界最強の賢者が更に強くなるために転生しました～

Shikkakumon no Saikyokenja

失格紋の最強賢者

~世界最強の賢者が更に強くなるために転生しました~

Shikkakumon no Saikyokenja

しっかくもんのさいきょうけんじゃ

13

著 進行諸島

illust 風花風花

Story by Shinkoshoto
Illustration by Kazabana Huuka

character

アルマ
=レプシウス

親に結婚相手を決められるのが嫌でルリイとともに王立第二学園に入学した少女。「第二紋」の持ち主で、弓を使うのが得意。

ルリイ
=アーベントロート

王立第二学園に入学するためアルマと一緒に旅してきた少女。魔法が得意で魔法付与師を目指している「第一紋」の持ち主。

マティアス
=ヒルデスハイマー

古代の魔法使いガイアスの転生体。圧倒的な力を持つが常識には疎い。魔法の衰退が魔族の陰謀であることを見抜き、戦いを始める。

グレヴィル

古代の国王。現世に復活し無詠唱魔法を普及すべく動く。一度はマティアスと激突するが目的が同じと知り王立第二学園の教師となる。

ギルアス

三度の飯より戦闘が好きなSランク冒険者。マティアスに一度敗れたが、その後も鍛錬を続けて勝負を挑んでくる。

イリス

強大な力を持つ暗黒竜の少女。マティアスの前世・ガイアスと浅からぬ縁があり、今回も(脅されて?)マティアスと行動を共にする。

エイス
＝グライア四世

マティアスたちが暮らすエイス王国の国王。マティアスの才を見抜き、様々なことで便宜を図りながらエイス王国を治める実力者。

エデュアルト

王立第二学園の校長。尋常でないマティアスの能力に驚き、その根幹となる無詠唱魔法を学園の生徒たちに普及すべく尽力する。

ガイアス

古代の魔法使い。すでに世界最強であったにも関わらず、さらなる力を求めて転生した。彼は一体どこを目指しているのか……。

ビフゲル
＝ヒルデスハイマー

いろいろと残念なマティアスの兄。己の力を過信してマティアスのことを見くびっては、ドツボにはまる。

紋章辞典 Shikkakumon no Saikyokenja

◆第一紋《栄光紋》えいこうもん

ガイアス（転生前のマティアス）に刻まれていた紋章で、生産系に特化したスキルを持つ。武具の生産だけではなく、食料に関する魔法や魔物を避ける魔法など、冒険において不可欠な魔法にも長けているため、サポート役として戦闘パーティーにも重宝される。初期状態では戦闘系魔法の使い手としても最強の能力を誇るが、その後の成長率や成長限界が低いため、鍛錬した他の紋章の持ち主には遥か及ばない（ガイアスを除く）。ガイアスのいた世界では８歳を過ぎる頃には他の紋章に追いつかれ、成人する頃には戦力外になっていたが、現在の世界（マティアスの転生先の世界）では魔法レベルが前世の８歳児よりも低いため、依然として最強の紋章として扱われていて、持ち主も優遇されている。

第一紋を保有する主要キャラ：ルリイ、ガイアス（前世マティアス）、ビフゲル

◆第二紋《常魔紋》じょうまもん

威力特化型の紋章で、初期こそ特筆すべき点のない紋章だが、鍛錬すると使役する魔法の威力が際限なく上がっていくため、非常に高火力の魔法が放てるようになる。ただ、威力が高い代わりに、魔法を連射する能力はあまり上昇しない。弓などに魔法を乗せて撃つことで、貫通力や威力をさらに上げることができる。他の紋章でも同じことは可能だが、射程距離や連射速度について、第二紋の持ち主には遠く及ばない。現在の世界においては、持ち主はごく普通の人物として扱われている。

第二紋を保有する主要キャラ：アルマ、レイク

◆第三紋《小魔紋》しょうまもん

連射特化型の紋章で、初期状態では威力の低い魔法を放つことしかできないが、鍛えることで魔法の威力と連射能力が上がり、一気に畳みかける必要がある掃討戦などにおいて高い力を発揮することができるようになる。現在の世界では紋章の種類によって連射能力の変わらない詠唱魔法を使うことが主流になっているため、その特性を正当に評価されず、第四紋《失格紋》ほどではないが、持ち主は冷遇されている。第二紋の持ち主のように弓に魔法を乗せることも可能だが、弓に矢をつがえて撃つまでに掛かる時間が魔法が発動するより長いため、実用性はやや低め。

第三紋を保有する主要キャラ：カストル

◆第四紋《失格紋》しっかくもん

近距離特化型の紋章で、魔法の作用する範囲が極めて短いため、基本的に遠距離で戦うには不向き（不可能）だが近距離戦においては第二紋《常魔紋》のような威力と第三紋《小魔紋》のような連射性能、魔法発動の速さを兼ね備えた最強火力となる。ただ、その恩恵にあずかるには敵に近づく必要があり、近接戦を覚悟しなければならないため、剣術と魔法が併用できる必要がある。最も扱うことが難しい紋章。

第四紋を保有する主要キャラ：マティアス

Shikkakumon no Saikyokenja

第一章

chapter 1

龍脈(りゅうみゃく)改造魔法『龍脈瘤(りゅう)』の影響で荒れ狂う龍脈。

古代の魔道具の影響で『鎧(よろい)の異形(いぎょう)』と化し、その龍脈と一体化した人間。

人間としての人格と引き換えに再生能力を獲得し、龍脈ごと破壊する以外の方法で死ななくなった敵を相手に……俺(おれ)は一つの魔法を発動した。

「……まさか、今頃(いまごろ)になってこの魔法を使うことになるとはな」

俺はそう呟(つぶや)きながら、『龍脈支配』という魔法を発動した。

龍脈を支配するという魔法名だけ見ると、凄(すご)く便利な魔法のようだが……実のところこの魔法は、実用性が薄いという理由で、今までほとんど使わずにいた魔法だ。

転生してから使っていないのは当然だが、前世でも実戦で使ったのは、たった数回……それも実験を兼ねた戦いばかりで、本当にギリギリの戦いでは一度も使ったことはないくらいだ。

その理由は、極端なまでの使いにくさにある。

この『龍脈支配』という魔法は、条件次第で本当に龍脈を支配することができる魔法だ。

しかし……膨大な力の塊である龍脈を支配するなどという荒技が、簡単なわけがない。

そもそも人間の魔力量では、龍脈をコントロールするような出力は得られないのだ。


だが、そんな龍脈をわずかな魔力で操作する方法が、一つだけ存在する。

それは龍脈の魔力を完全に解析し、自分と龍脈の魔力が共鳴するような状態を作り出すことだ。


『人食らう刃』は龍脈と直接接続することで、これと似た共鳴状態を作り出す魔道具だが……

あの魔道具と違って『龍脈支配』は人間と龍脈を直接つながないため、龍脈に何かあった時に反動を受けにくいという利点がある。

いや、制御に成功した時の性能でいえば、『人食らう刃』などよりずっと上と言ってもいい。


……とはいえ、それは龍脈が安定した状態にある場合の話だ。

龍脈と直接接続せずに共鳴状態を作り出すには、龍脈の状態を完全に把握し、人間側が魔力を龍脈に『合わせてやる』必要がある。

もちろん龍脈の状態が変われば、その合わせ方も変わってくるので、『魔力支配』の発動中は常に龍脈の状態を解析し続けなければならないのだ。

相手が通常の龍脈であったとしても、この状態を維持するのは容易ではない。
というか……よほど龍脈が安定した状態でもなければ、普通は無理だ。

『龍脈支配』を長時間維持できれば、理想的な環境が自分の魔力を数万倍にまで増幅し、文字通り人間の限界を超えた出力を実現できる。
それでも俺がこの魔法を使わなくなったのは、この魔法で長時間にわたって『支配』できるような龍脈など、見つからなかったからだ。
世界で最も安定した龍脈でも、支配できるのは3秒が限度……それでも魔力を数十倍までは増幅できるものの、そのあたりが限界だ。

そして支配が維持できる時間は、龍脈が不安定になるほど短くなる。
もちろん今のような『龍脈瘤』によって荒れ狂う龍脈が相手では、一瞬たりとも支配などできない。

龍脈の状態が変わったのを探知し、変化後の状況を解析し、必要な魔力操作を割り出す……

この一連の動作に、どんなに急いでも0．05秒はかかる。

安定しない龍脈が相手では、その0．05秒の間に龍脈の状況が変わってしまう。

これでは共鳴状態など作れるわけもないのだ。

それでも『龍脈支配』を使う理由は、この魔法の術式に組み込まれた、強力な龍脈解析能力だ。

『龍脈支配』の術式のうち90％以上は、龍脈の状況解析のために作られている。

その解析能力を使って龍脈の弱点を見つければ、支配したり制御したりすることはできなくても、龍脈を破壊したり分断したりするのは簡単になる。

……とはいえ、今は本来なら、悠長に龍脈の状態を解析しているような状態ではない。

なにしろ今……俺達は30体近い『鎧の異形』に囲まれているのだから。

「完全に囲まれてるんだけど……！」

「と、とにかく撃ちまくるしかありません！　矢はいっぱい作るので……！」

近付いてくる『鎧の異形』に向かって矢を乱射しながら、アルマとルリイが悲鳴を上げる。

俺やイリスの攻撃は射程の関係でまだ届かないため、今の状態で敵に攻撃が届くのはアルマだけだ。

『鎧の異形』は人間としての体がないのを利用して、関節の可動域を無視した……人体では不可能な動きを多用した剣術によって、アルマの矢を打ち落とそうとしている。

それに対してアルマは、矢を打ち落とす剣ごと敵の体を破壊するような高威力の矢で対抗した。

この作戦自体は、割と上手くいっていた。

龍脈と直接接続したことによって膨大な魔力を得た『鎧の異形』にも、荒れ狂う龍脈の魔力を魔法に変えるような制御能力はない。

そして『鎧の異形』が持つ武器に、アルマが本気で放った矢に耐えられるような強度はない。

だから敵がどんな剣術を使おうとも、矢は『鎧の異形』を貫くのだ。

しかし、それは矢のターゲットとなった敵に限った場合の話だ。

アルマは鍛錬を積んで、昔よりはるかに強くなっている。

補助に回るルリイも、矢に付与する魔法を威力特化型にして、高威力な矢を撃ちやすくしている。

それでも……剣ごと『鎧の異形』を破壊できる威力の矢を高速で連射できるかというと、話が変わってくる。

アルマの矢は1本で1体の『鎧の異形』を破壊するが、敵は30体近くいる。

しかも倒した『鎧の異形』は、短時間で復活するのだ。

「倒すより早く復活してくる……これじゃ抑えきれないよ！」

矢を受けて砕け散ったばかりの『鎧の異形』が再生するのを見て、アルマがそう叫ぶ。

本体だけでなく、その手に持った剣まで完璧に戻っている……これではきりがない。

俺は『龍脈支配』による状況の解析を急ぐが、これだけ荒れている龍脈に不用意な触れ方をすると、たとえ直接接続していなくても大きな反動を受ける可能性がある。

そして俺の魔法制御力のほとんどは『龍脈支配』に注ぎ込んでしまっているため、戦闘に魔法を使える状況でもない。

『龍脈支配』を一度切れば、時間稼ぎくらいはできるが……そうすると龍脈解析が状況の変化に追いつかなくなってしまうので、龍脈破壊の準備が整うのに時間がかかりすぎる。

無限の魔力と再生能力を持つ相手に持久戦を挑むなど、自殺行為以外の何物でもない。

今の状況を根本的に解決できるのは、龍脈の破壊だけだ。

その準備となる『龍脈支配』を緩めるわけにはいかない……となると、今動けるのは一人だけだ。

「イリス、いけるか!」

「はい!」

返事とともに、イリスの姿が急激に変化し――俺達の目の前に、黒く巨大なドラゴンが現れた。

――暗黒竜イリス。

普段は人の姿を取っているイリスの、本来の姿だ。

「えい！」

竜語でのかけ声とともに、イリスが爪を水平に振る。

イリスにとっては、単なる引っ掻き攻撃のようなものだが……その爪の１本１本が『鎧の異形』より大きいとなれば、それはもう『引っ掻き』というより巨大な鈍器に近くなってくる。

まるで木の葉でも吹き散らすかのように、爪を受けた敵が吹き飛んでいく。


「こっちも！」


さらにイリスは背後の敵を殲滅すべく、尻尾を振り回す。

その動きは剣術などと比べると、ゆっくりしたものに見えるが……それはイリスが巨大すぎるからだ。

イリスの尻尾の先端の速度は、時速数百キロにも達する。

質量やパワーも考えれば、それこそ巨大な壁が凄まじい速度で迫ってくるようなものだ。

『鎧の異形』はそれぞれに独特な動きでイリスの尻尾に対処しようとしたが……何の意味もな

かった。

尻尾に当たった『鎧の異形』は、1体残らず粉々に砕かれ、叩き潰された。

「あっ、ごめん！」

イリスの尻尾に巻き込まれたのは、敵だけではなかった。

アルマが放った矢は敵を狙っていたのだが、その敵と矢の間に尻尾が割り込むような形になったので、結果としてアルマの矢がイリスの尻尾に突き刺さったのだ。

とはいえ……。

「……あれ？　何かありましたか？」

アルマの謝罪（イリスが矢に刺さりに行っただけで、別にアルマは悪くないのだが）に、イリスがきょとんとした声で返す。

どうやらアルマが本気で撃った矢も、竜の姿のイリスにとっては気付かないレベルだったようだ。

「いや、なんでもない……」

アルマが少し落ち込んだような様子で、そう返事を返す。

まあ、尻尾は竜の体の中でも頑丈な部位の一つなので、落ち込む必要はないと思うが。

「さあ、どいてください！」

運よく今までの攻撃が当たらない位置にいた敵に、イリスがそう言って爪を振り下ろす。

この調子で敵を片っ端から吹き飛ばせれば、いくらでも時間を稼げるが……そううまくはいかなかった。

イリスの攻撃に対して、『鎧の異形』たちの一部が空高く跳び上がったのだ。

いくら地面をなぎ払うように攻撃しても、空中高くにいる敵には当たらない。

かといって空中の敵を狙えば、地上に残った敵がそのままになる。

「こいつら、ちょこまか逃げます！」

イリスは両腕や尻尾を振り回して『鎧の異形』たちを片っ端から叩き潰そうとするが、敵はあちこちに散らばっているため、どうしても討ち漏らしが出る。

倒した敵もすぐに復活するのが、一番厄介なところだ。

だがイリスの活躍によって、俺達に近付く『鎧の異形』の数は半分以下になった。

アルマだけで迎撃できる数ではないが……数の差で押し潰されるのは避けられそうだ。

「イリス、その調子で攻撃を続けてくれ！」

「了解です！」

イリスの攻撃は大雑把すぎるため、俺達に近付きすぎた敵を狙うことはできない。

遠くの敵はイリスに任せ、近付いてきた敵はアルマが対処するような形になったが……やはり不死身というのは厄介なもので、俺達と敵の距離は段々と詰まっていった。

龍脈の解析は進んでいるが、破壊にはまだ足りない。

俺は迎撃を3人に任せ、魔法制御力の全てを龍脈に集中させ続ける。

そしてついに、敵の攻撃が俺達にも届きそうなところまで距離が詰まった。

「マティ君、そろそろヤバいかも！」

「ああ！　俺も今は魔法が使えないから、アルマとルリイは自分の身を守ることに集中してくれ！」

俺はそう言って剣を構え、俺の目の前まで来た『鎧の異形』と対峙する。

最早この戦いは……魔法戦闘ではない。

魔法戦闘というのは、文字通り魔法を使った戦闘のことだ。

身体強化、武器へのエンチャント、結界や防御系魔法……俺達人間は、魔物などと比べてはるかに劣る身体能力や魔力を、そういったものによって補って戦っている。それが魔法戦闘だ。

だが俺は敵が目の前に来た今ですら、魔法制御力の全てを『龍脈支配』による龍脈の状態解析に注ぎ込んでいる。

荒れ狂い変動し続けるため龍脈の動きは掴みにくいが、今までの解析によって、かなり全体像が分かってきた。

しかし……戦闘のために魔法制御力を割くことになれば、龍脈の変動はあっという間に俺の状況解析を超えて変化し、今までの準備すら無駄になるだろう。

だから俺は、こいつを相手に魔法を使うことができない。

体くらいは自由に動かせるが、それはもう魔法戦闘の技術というより、ただの剣術や戦闘術だ。

龍脈と結合し、人外の力を得た『鎧の異形』を相手にただの剣術で戦うというのは、なかなかの難題だが……俺が今持っている剣は、ルリイが新たに打った剣だ。

「さあ、来い」

龍脈解析の関係で、俺はここを動くわけにはいかない。

足を数歩動かす程度なら何とかなるが……龍脈との接点として、最低でも片足は地面につけ続ける必要がある。

まともに踏み込みと呼べるような距離を動けば『龍脈支配』による状況解析も中断することになる。

必然的に、俺は敵の攻撃を待ってからカウンターのような形で戦うことになるわけだ。

敵がこのまま動かないでくれるなら、それが一番ありがたいのだが……敵は当然のように剣を構えて踏み込んできた。

恐らくこの『鎧の異形』は生前、剣術に長けた囚人だったのだろう。動きはなかなか悪くない。

だが……剣術の腕なら、俺のほうが上だ。

敵の俺の重心を狙うような……一番避けにくい軌道で振られた剣に対して、俺は受け流すように剣を合わせた。

この剣の切れ味をもってすれば敵を剣ごと斬るのは簡単だが、今の俺は回避のために足を動かすこともできない状況なので、斬られた敵による捨て身の反撃が来ると、対処に窮することになる。

通常の戦闘と違って、敵は相討ちでも勝ち……俺の攻撃を避ける義理すらないのだ。

そこで俺はあえて敵の剣を斬らず、敵の勢いを利用して体勢を崩そうとしたわけだ。

だが……受け流しは失敗した。


剣術における受け流しというのは、相手が人間であり……少なくとも、人間と似たような関節や筋肉の構造を持っている前提で作られたものだ。

だが『鎧の異形』は人間のような形をした、ただの龍脈のバケモノだ。

筋肉とも関節の構造とも無縁の『鎧の異形』は、関節をあり得ない方向に曲げることによって力の向きを変え、俺の剣に対して力をかけてきた。


鍔迫り合い――互いに相手の剣を押し込もうとする、力比べの戦闘だ。

『鎧の異形』は関節の可動域を無視した荒技によって、状況を力比べに持ち込んだのだ。

魔法による強化なしで、この力を正面から受け止めることはできない。

すでに人としての人格を失っている『鎧の異形』がそこまで考えていたかは分からないが……今の状況での攻撃としては的確だ。

『鎧の異形』となった体に、わずかに残った剣士としての本能……といったところだろうか。

人間の体を失ったことで可能になった、反則的なまでの関節可動域を使った『鎧の異形』の動き。

それは――俺の読み通りの動きでもある。

「ああ、やっぱりそう動くのか」

『鎧の異形』に人としての意識はないが、戦闘時の動き方などは生前のものを引き継ぐことが多い。

意識がなくとも、戦闘技術などは本能に刻み込まれている部分が大きいため、戦うことはできるというわけだ。

敵がわざわざ『鎧の異形』の材料として強力な囚人を選んだのも、それが理由だろう。

今までの動きで、この『鎧の異形』が剣士としてそれなりの腕を持っていた者だということは分かっていた。

そして……その剣術の特徴も、すでに把握済みだ。

この『鎧の異形』の戦闘スタイルは、派手な一撃で勝負を決めるというより少しずつ有利を積み重ね、機を見計らって勝負を決めるタイプだ。

速さ重視の剣によって敵の体勢を崩したり、致命傷とはいかなくても敵の体に傷をつけたりして、少しずつ戦いにくくさせたりするようなスタイルだな。


敵は俺の動きと体格、体にこもる魔力を見ただけで、単純な力比べになれば有利だと理解したはずだ。

そして一度剣がぶつかったタイミング……考え得る限り最短のルートで、鍔迫り合い――正面からの力比べになる状況に移行した。

たとえ関節の動きは非人間的なものであっても、その軸になっている思考は至って人間らしい、戦闘者のものだ。


俺はそんな動きに対して――地面に膝をつき、後ろに反るようにして回避をとった。

敵の剣は俺の剣をあっさり押しきったが、その剣は俺の頭上を通っていった。

鍔迫り合いから膝をついて、剣の下をくぐり抜けるような回避。

この動きは、敵にとって意外だっただろう。

だが……この『鎧の異形』にもし意識があったとしたら、敵は俺の動きをむしろ歓迎しただろう。

なぜなら一般的な戦闘において、俺がとったような動きは自滅のようなものだからだ。

敵の目の前――しかも、こんな至近距離で膝をつくなど、自殺行為以外の何物でもない。

膝をついた姿勢と立った姿勢、どちらが戦いやすいかなど、素人でも分かることだろう。


しかし、それは両者の姿勢が安定した後の話だ。

剣を回避され、空振った直後の――今この一瞬だけは、敵にも隙ができる。

通常なら鍔迫り合いから押しきられたようなケースでは、こちらも体勢が崩れることが多い。

そもそも膝をつき、後ろに反ったような姿勢が、剣を振るのに適しているはずもない。


だが、俺はそんな体勢からでも剣を振った。

これは、ある意味で『賭け』だ。


敵の剣術がもし俺と同じレベルだったら、この一撃はあっさり対処され、単純な腕力の差で叩き伏せられることだろう。

同格といかずとも、前世の時代にいた、それなりに剣を扱える奴ら……例えばロイターのような奴なら、こんな無理な攻撃は簡単に潰してみせるはずだ。

それでも俺が剣を振ったのは、敵の剣術がまだそのレベルに達していないとみたからだ。

腕力の差や関節可動域の差を考えると、敵の剣術が上手ければ俺はとっくに死んでいる。

まだ俺が生きていること自体が、敵の技術不足の証(あかし)だ。

そして、俺の無理な一撃に――敵は反応できなかった。


『鎧の異形』の体が、一撃のもとに両断される。

いくら龍脈に直結して再生能力を得た『鎧の異形』とはいっても、本体と化した鎧が切断された状態では動けない。

これで一時的にではあるものの、無力化成功というわけだ。


とはいえ放(ほう)っておけば、そう遠くないうちに『鎧の異形』は再生してしまう。

龍脈との接続さえ切れれば、収納魔法にしまったりして完全な無力化もできるのだが……龍脈を壊さなければ、それも不可能だ。

ということで俺は、鎧の上半身の部分を遠くへと蹴(け)り飛ばした。

とりあえずの時間稼ぎには、これで十分だ。

だがこれも、30体近くいる敵のうち1人を無力化したに過ぎない。


「ちょっ……本気で、ヤバいかも……！」


目の前に迫ってきた『鎧の異形』に矢を撃ち込みながら、アルマが悲鳴を上げる。

イリスは相変わらず頑張（がんば）っているが、それでも敵は少しずつイリスの攻撃をすり抜け、俺達の近く――イリスが手を出せない距離まで近付いて来ていた。

時間とともに近くの敵は増え、俺達への負担は増していく。

そんな状況の中――戦況に異変が起きた。


「えっ⁉」


アルマが至近距離から放った、威力特化型の矢。

それは敵の頭部に当たったが――矢は敵の頭を貫かなかった。

「なんで⁉　威力は変わってないはずなのに……！」

そう叫びながらもアルマは、次の矢を弓へとつがえようとする。

だが……ただでさえ至近距離まで近付いていた『鎧の異形』は、２発目を放つことを許さなかった。

一瞬で踏み込んだ『鎧の異形』が、アルマに向かって剣を振り上げる。

アルマはとっさに弓で受け止めようとするが……これは無理がある。

龍脈の魔力が発揮する怪力は、弓で受け止められるようなものではない。

かといって、アルマが回避できるような速さでもない……つまり一撃目で勝負をつけられなかった時点で、アルマにはどうしようもなかったのだ。

この位置では俺の剣も届かないし、イリスが危険を承知で助けにいったとしても、間に合わない。

「……そろそろ限界か」

俺はそう言って、魔道具を起動した。

自分の魔力回路を龍脈と接続する魔道具――『人食らう刃』を。


「ぐ……」


ただでさえ『人食らう刃』は、大きすぎる力を持つ龍脈と人間の魔力回路を無理やり接続する、危険極まりない魔道具だ。

それを今の荒れ狂う龍脈に接続するなど、もはや自殺行為でしかない。

魔道具の起動と同時に、俺の全身に焼けるような痛みが走り、魔力回路が悲鳴を上げた。

俺はそれに構わず、過大な負荷を受けた魔力回路に、さらなる魔力を流し込む。

そして……当然のように、魔力回路は焼き切れた。

俺の魔力回路の一部と化した、龍脈とともに。


「……間に合った……か」

剣がアルマに届く直前で、『鎧の異形』は動きを止めた。

龍脈が断ち切られたことによって、魔力の供給が途絶えたのだ。

「い、いったい何が起きたの……？」

「龍脈を断ち切って『鎧の異形』を止めたんだ。これでもう、あの鎧はただのガラクタだ」

そう言って俺は、『人食らう刃』を地面に下ろした。
普段なら収納魔法にしまうところだが、残念ながら今の俺の魔力回路は、繊細な空間系の魔法を使えるような状態ではない。
龍脈の状況を精密に解析することによって、できる限り魔力回路への負荷が軽くなるように術式を調整したのだが……やはり『龍脈瘤』によって荒れ狂う龍脈と魔力回路を接続するとなると、多少の無理は避けられなかったのだ。

「マティくん、その腕……」

俺の腕から煙が出ているのを見て、ルリイが心配そうな顔をした。
魔力回路は全体的に痛んでいるが、中でも『人食らう刃』を持っていた右腕は酷い有様だ。

負荷が体にまで影響を及ぼし、あちこち出血を起こしている。

とはいえ……龍脈を解析した成果はあった。

確かに傷は酷いが、魔力回路の損傷は想定の範囲内に収まったのだ。

「このくらいなら、後遺症は残らない。10分もすれば魔法も使えるようになる」

魔力回路は、人間の体の中でも最も繊細な器官の一つだ。

あまりにひどい壊れ方をすると、一生治らないことも珍しくない。

だが今回に関しては、そこまでいかないくらいのダメージで済んだというわけだ。

「……そう言うってことは、今は使えないんですね……。一時的にとは言っても、あのマティくんが魔法を使えなくなるなんて……」

そう言いながらルリイは、俺の腕に治癒魔法をかけ始める。

体についた傷が見る間に消え、元に戻っていく。

これでもう、体の傷は完治だ。

「ありがとう。……魔力回路のほうは、まだちょっと時間がかかるな」

「……あんまり、無茶しないでくださいね」

「ああ、安心してくれ。無茶は……あんまりしていない」

……全くしていない、と言うつもりだったのだが、そう言ってしまうと嘘(うそ)になるな。

正直なところ、今回のは自分から見ても結構な無茶だった。

少し前の俺なら、絶対にこんな手は使わなかっただろう。

だが今回、俺が今のような戦い方をしたのは……【理外(りがい)の術】の影響が残っていることが大きい。

【理外の術】自体が残っているわけではないが、『壊星(かいせい)』の力を借りて数秒間とはいえガイアスの力を取り戻した後、魔力回路が強化されたような感じがあるのだ。

それも、前世の魔力回路を取り戻したというわけではなく……むしろ『マティアスの魔力回路』のまま、異質な力を取り込んだような印象だ。

『人食らう刃』によって龍脈と接続した時、魔力回路に流れた過剰な魔力の一部が、どこか別の空間に流れ出すような感覚があった。

魔力を収めておく空間魔法などないが、まるでそんな魔法を使っているかのような魔力の動き方だ。

そのようなことが、自然に起こるわけもない。

魔力回路に、何らかの変化があった……そう考えるべきだろう。

この魔力回路の変化は、既存の魔法理論では説明がつかないものだ。

おそらく【理外の術】に絡んだものだが、そもそも【理外の術】自体が魔法理論で説明のつかない代物だからな。

「とりあえず、いったん休憩しよう。魔法回路が完全に治るまで待っている暇はないが、せめて魔法を使えるようにならないと話にならないからな」

俺はそう言って、自分の魔力回路で起こった現象について考え始めた。

既存の魔法理論で説明がつかないにしても、俺の魔力回路がどんな状態になっているのかは、考えておく価値があるだろう。

この変化は、狙って活用するには情報が少なすぎるが……場合によっては、凄まじい力につながる可能性もありそうだからな。

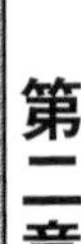

それから10分ほど後。

魔力回路の損傷と引き換えに『鎧の異形』を破壊した俺は、無事に魔法を使えるレベルまで回復していた。

同時に『受動探知』の能力も戻り、周囲の状況が分かってくる。


龍脈の乱れは、徐々に収まりつつあった。

どうやら『龍脈瘤』は『鎧の異形』を軸に作られていたようだ。

『鎧の異形』がなくなった以上、しばらくすれば龍脈は完全に元に戻るだろう。


そして……龍脈の乱れが収まったことによって、分かるようになったことがある。

今までも薄々気付いてはいたが……より分かりやすくなった印象だ。


「この龍脈……『龍脈瘤』以外にも、人工的な干渉の跡があるな」

俺はそう言って、周囲の魔力の様子を観察する。

そこには見慣れた魔力パターン……しかし、前世では一度も見かけなかった魔力パターンがあった。

その魔力パターンは、1秒間に何百回なのかも数え切れないほどの頻度(ひんど)で、絶え間なく放出されている。


今の世界では、魔力パターン自体はそこまで珍(めずら)しいものではない。

だが、これは自然にはあり得ないものだ。

今の時代に生まれたルリイたちにとっては、普通すぎて分からないかもしれないが。

「うーん、私には分かりませんけど……」

「だろうな。……ちょっと今から試してみるから、龍脈の魔力に注目しておいてくれ」

俺はそう言って、手を前に出した。

そして、魔法を発動する準備を始めた。

それも非効率極まりない、実用性皆無の魔法を。

「我が体に満ちる火の魔力よ――」

いま唱えているのは、この世界……今の世界において最も一般的な、炎の矢の詠唱魔法だ。
無詠唱魔法に比べて威力も、精度も、発動速度も、魔力効率も大きく劣る、使い物にならない魔法。
魔族たちが人類を弱体化させるべく普及させた、人類の足かせとでも言うべき魔法だ。

「――一筋の矢となりて、我が前の敵を穿て！」

俺が詠唱を終えると……ポヒュッ、という小さな音を立てながら現れた火の玉が飛んでいき、失格紋の射程から外れたところで消えた。
何の変哲もない、ただの詠唱魔法だ。この魔法は初心者が使っても俺が使っても、ほとんど威力にも差が出ない。
魔法自体には見るべき部分などないが……俺が注目していたのは、龍脈のほうだ。

「こ……この龍脈、詠唱魔法に反応しました！」

「ああ。近くで使うと、反応が大きいみたいだ」

先ほどまで無数に発されていた魔力パターン。

その中でもひときわ大きいものが、俺の詠唱魔法と同時に放たれたのだ。

「……詠唱魔法を探知してるってこと？」

「いや、違うな。今の魔力パターンは探知というより……魔法の構築に近い。……まるで詠唱魔法には必要のない魔法構築を、龍脈が代わりにやってるみたいにな」

「それって、まさか……この龍脈が、『詠唱魔法の核』ってことですか⁉」

詠唱魔法は非効率で発動が遅い代わりに、呪文を唱えるだけで誰でも使うことができる。

その過程に、一切の魔力操作は必要がない。

それは呪文を唱えることによって、魔力が勝手に制御され、魔法が勝手に構築されるからだ。

だが、ただの言葉に魔力を制御する力があるわけもない。
そんな力があるとしたら、詠唱に対して魔法構築能力を提供する装置か、制御魔法が存在するはずだ。

その装置……『詠唱魔法の核』が存在するという説はいくつもあったが……実物の存在は、今まで確認されていなかった。
俺がいま見つけたのは、その『詠唱魔法の核』らしき痕跡(こんせき)だ。

「詠唱魔法の核は、この地下にあるかもしれないな。……掘ってみるか」

俺はそう言って、掘削(くっさく)魔法を起動した。
ここの地面はそこそこ硬いようだが、掘削魔法は硬い岩だろうと関係なく掘り進めるように構築されている。
岩盤をあっさり掘り抜きながら、掘削魔法が地下深くへと掘り進んでいく。

「もし『詠唱魔法の核』を見つけたら、大発見だよね？」

「見つけたら、どうしたらいいんでしょう……？」

「綺麗な宝石とかだったら、持って帰りましょう！」

ルリイ達3人はそんな話をしながら、掘削魔法が地面を掘り進んで行くのを見守る。

そして、30メートルほど掘ったところで……掘削魔法が急に止まった。

「これは……オリハルコン合金か。よほど大事なものが埋まってるみたいだな」

俺は掘削魔法で掘った穴を見ながら、そう呟く。

そこでは巨大なオリハルコン合金の壁……というかシェルターが、掘削魔法を阻んでいた。

掘削魔法は硬い岩を削れるようにできているが、自然界に存在しない硬度を破壊できるようにはできていないので、ここで止まったというわけだな。

「オリハルコン合金ですか……持って帰っていいでしょうか？」

絶好の材料を見つけて、ルリイが目を輝かせている。

目の前にあるオリハルコン合金は恐らく、重さにして数十トンから数百トンにも達するだろう。

俺達の行方を阻むシェルターは、素晴らしい資源の塊でもあるのだ。

とはいえ……資源にばかり気を取られているわけにもいかない。

分厚いオリハルコン合金の壁によって、内部の魔力は見えにくいが……そこには確かに、魔族の魔力があった。

恐らくこのシェルターが破られた時に備えて、最終防衛装置として配置された魔族だろう。

詠唱魔法は魔族にとって、人類の能力を低いままにとどめておくための重要な装置だ。

もし核が壊され、人間が詠唱魔法を使えなくなったら……今まで『詠唱魔法があるから、このままでいい』と考えていた大多数の一般人も、必要性にかられて無詠唱魔法の鍛錬を始めることだろう。

そうなれば、人類の戦力が向上する可能性は高い。

もちろん、今の世界には詠唱魔法によって支えられているインフラなどもあるので、人類社会は大混乱に陥るだろうが……それでも無詠唱魔法が普及することは、魔族にとって望ましいことではないだろう。

だからこそ魔族は今まで、人類が非効率な詠唱魔法を使い続けるように仕向けてきたのだから。

「無事に解体できたら、持って帰ることにしよう。……その前に、戦いに備えてくれ。いつ戦いになるか分からないからな」

俺はそう言って、『受動探知』に意識を集中させる。

魔力反応の様子を見る限り、敵は『黄昏の魔族』クラスではなさそうだが……何しろこれだけ頑丈な防護が『破られた』時に、それでも『詠唱魔法の核』を守るために配置された魔族だ。

オリハルコン合金の壁にも勝るだけの力か、その代わりとなるだけの作戦を、敵は用意しているのだろう。

「わ、分かりました！」

「了解です！」

ルリイ達3人が、戦闘の準備をし始めた。

とはいえルリイ達も、こういった場所で油断をするような初心者ではない。

いつでも戦える準備はできているだろうが、一応警告しておいた程度のことだ。

そして俺は、また掘削魔法を発動した。

オリハルコン合金の塊には触れず、その周囲をどんどん掘り進めていく。

その様子を見て、アルマとイリスが意外そうな顔をした。

「あ、まだ壊さないんだね」

「てっきり、その剣で叩(たた)き斬(き)るのかと思いました！」

どうやら二人は、俺がいきなりシェルターを壊すと思っていたようだ。

もちろん、それも選択肢には入るのだが……せっかく相手が箱の中に閉じこもってくれているのだから、今のうちにアルマの矢の射線くらいは通しておきたいところだ。

もっとも……敵がそれを黙って見ているとも限らないわけだが。

「……きたか」


俺がせっせと土木作業に勤しんでいると、敵に動きがあった。

オリハルコン合金の壁が、開き始めたのだ。

敵にとって、わざわざ作ったはずの壁を自分から開くのは、もったいないようにも見えるが……俺を放っておくと、状況がどんどん悪化していくと思ったのだろう。

そして敵の判断は、間違ってはいない。


今俺は地下深くに埋まっていたシェルターの上にある地面を掘り、アルマの矢が通るルートを開いていただけだ。

だが敵がこのまま動かなかったら、シェルターを丸ごと地上に掘り出し、敵を殲滅するための魔道具などを展開したことだろう。

そうなれば、敵はほとんど戦闘とも呼べないような形で、文字通り瞬殺されたはずだ。

俺がシェルターを破壊するのを待つのが自殺行為だとしたら、戦闘を仕掛けるのは早いほうがいい。

時間が経てば経つほど、俺は状況を有利に変えていくのだから。

もっとも……俺に勝つ自信がなければ、こんな真似はしないだろう。

敵が自らシェルターを開くということは、戦って勝てる見込みがあるということだ。

なぜ敵がそう思っているのかは、気になるところだな。

「俺とイリスで突入する！　アルマとルリイは援護を頼む！」

俺は一瞬考えて、そう指示を出した。

敵の準備していた防衛拠点に直接飛び込んでいく形になるが、俺とイリスが力を最大限に発揮できるのは近距離戦闘だからな。

最大の攻撃力を出せる距離で、一気に制圧しようというわけだ。

「はい！」

「了解です！」

そして、俺とイリスが掘削魔法の開けた穴に飛び込んだところで……シェルターが完全に開いた。

中にいる魔族の数は２人。

俺は使える限りの加速魔法を使い、そのうち１人をめがけて突っ込んだ。

「食らえ！」

シェルターを開けたのは魔族なのだから、当然ながら敵も準備をしている。

敵は無数の攻撃魔法を空中に浮かべ、俺めがけて突っ込ませた。

一撃一撃が人間を即死させる威力を持った、無数の炎の弾。

俺はそんな攻撃を、防御魔法によって強行突破した。

当然ながら魔族の魔力は、人間とは比べものにならない。

いくら防御魔法に向いた失格紋を持っている俺でも、魔法を受ければ無傷とはいかない。

単純な魔法の出力などでは、まだ俺は魔族に敵(かな)わない。


とはいえ……それは敵の魔法の全出力が俺に向かえばの話だ。

今回、敵の魔族は攻撃を回避されることを防ぐために、死角なく弾幕を張っていた。

どこに行っても攻撃を受ける代わりに、当たる弾の数は限られている。


だから、俺は避(よ)けない。

ただ出せる限りの速度で、魔族へと突進する。


そして……防御魔法をかなり削られながらも、俺は弾幕を突破した。

防御魔法は一部が破れ、体のあちこちが焼かれたが、致命的な傷は一つもない。


もし攻撃によって俺を止めるつもりなら、もっと引きつけてから集中的な魔法で迎撃すべきだったのだ。

広範囲の弾幕など、避けずに受ける覚悟さえ固めてしまえば、ただの低威力な攻撃魔法の集まりなのだから。

「ぐああああぁぁ！」

「ダミアン！」

敵は俺の強行突破が予想外だったらしい。

俺の剣に反応できず、斬られた魔族（もう一人の魔族の言葉を聞く限り、ダミアンという名前らしい）が断末魔の叫び（さけ）を上げる。

だが……剣に伝わってきた感触は、今まで相手にしたどの魔族より硬かった。

強化魔法の助けを得て、俺はなんとか一撃でとどめをさすことに成功した。

しかし、ルリイが作った新しい剣があっても、もし強化魔法がなければ倒しきれなかっただろう。

普通の魔族くらいなら強化魔法なしでも倒せる俺が、直前になって魔法を使ったのも、それが理由だ。

この硬さの理由は、一目で分かる。

「防具をつけてる魔族っていうのは、珍しいな」

シェルターの中に入っていた魔族は、防具をつけていたのだ。

言うまでもなく、普通の魔族は防具をつけていない。

それは、魔族の体自体がそもそも非常に頑丈なので、中途半端な性能の防具などあっても意味がないからだ。

防具はどうしても動きを鈍らせるので、それに見合うだけの防御力が得られなければつけない方がマシになる。

だが……先ほどの敵がつけていた防具の感触は、通常の魔族と比べても、はるかに硬かった。

単なるオリハルコン合金などの防具では、これだけの硬度は出ない。

敵の防具がこれだけの強度を生み出した理由は、そこに付与された魔法にある。

これに付与された魔法は、ただ単に強度を上げるようなものではなく、使用者の魔力を吸い上げて防御力を得るタイプのものだ。

しかし、それだけでは俺の剣を止めるには足りない。

俺は強化魔法を再発動し、生き残った敵に斬りかかろうとする。

だが……強化魔法が発動する直前、凄まじい量の魔力が吹き荒れた。


魔力によって術式が吹き散らされて、俺の強化魔法が解除される。

剣は敵に届いたが、防具によって防がれた。


「……『魔力嵐』か。ずいぶんと古風なものを使うんだな」


魔力嵐。

指向性を持った大量の魔力によって、魔法や術式を破壊し、放出系の魔法を無力化する魔道具だ。


この系統の魔道具が内部にあることは予想がついていた。

だからこそ俺は突入と同時に、強引にでも片方を仕留めたのだ。

敵は最初の弾幕を使えば俺達を倒せると踏んで、元は魔力嵐なしで戦おうとしたのだろう。

魔力嵐は敵だけではなく、味方の魔法も破壊してしまうからな。

敵の魔法だけ潰せるほど便利な魔道具なら、もっと一般的に使われていただろうし。

「ほう。この魔道具を知っているのか」

そう呟く魔族に、アルマの矢が当たった。

だが……アルマの矢は防具によって、あっさり弾き返された。

どうやらここにある魔力嵐の装置は継続的な発動が可能なタイプらしく、今も魔力嵐は吹き荒れ続けている。

矢に付与された魔法も、その破壊の例外ではない。

アルマが魔法によってエンチャントした矢は、ただの矢に戻っていたのだ。

敵の防具は恐らく、魔力嵐と組み合わせる前提で用意されたものだろう。

こういった魔道具の効果は、その場で術式を構築する魔法と違って魔力嵐のような妨害に強い。

しかも術式構成を見る限り……敵がつけている魔道具は、魔力効率を少し落としてでも妨害への抵抗力を高めているようだ。

これで魔力嵐が発動していても、敵は確実に高い防御力を発揮できるというわけだな。

攻撃を受けるたびに魔力を消費することにはなるが……敵の反撃を全て無効化して自分だけ攻撃に集中できるとなれば、魔力切れの前に敵を倒すのはそう難しくないし、作戦としては結構よくできている。

「……まあ、こんなもんか」

俺は自分の剣にもう一度強化魔法を施しながら、そう呟いた。

火の玉や矢のような遠距離系魔法と比べて、剣を強化するタイプの魔法は術式構成が安定しているため、魔力嵐の影響を比較的受けにくい。

だが、俺が普段使っているような高効率で洗練された魔法は、どうしても外からの妨害には弱くなる。

もちろん、妨害への対処も理解した上で使ってはいるのだが……これだけ高レベルな妨害を継続的に受けながら魔法を使うとなると、それなりの対策は組み込む必要がある。

その分、剣に詰め込める魔法の数は減り、威力は落ちるというわけだ。

俺はそれでも魔法を付与し、敵の懐へと踏み込んだ。

魔力嵐が敵の放出魔法を無効化してくれるぶん、失格紋にとっては間合いが詰めやすい条件ではある。


俺の剣に対して、敵は同じく剣で対抗してきた。

予想通り、防御を無視した……防御は鎧に任せて、とにかく俺に剣を届かせることを目的としたような構えだ。


だが根本的な魔法戦闘の実力という面で、俺と魔族には差があった。

俺は剣ではなく脚に強化魔法を使い、敵の剣の下をくぐり抜ける。

そしてがら空きになった敵の胴に、今の環境で使える限りの強化魔法を施した剣を叩き付けた。


問題は、俺の剣が通じるかどうかだが……。

（やっぱり、届かないか……）


俺の剣は、敵の鎧によって完全に止められていた。

それなりの量の魔力を削れた感覚はあったが、鎧には傷一つついていない……つまり、攻撃の連続で鎧を破壊するような戦い方は難しいということだ。

かといって、魔力の削り合いは俺が不利だ。単純な魔力量の問題で、俺の魔力切れのほうが早い。


だが、これは最初から予想がついていたことだ。

今の一撃で勝負がつくのなら楽ではあったが、さほど期待していたわけではない。

目的はむしろ、本当の戦略を隠すためだ。


「馬鹿め！　失格紋が有利なのは、魔法が使える環境だけだぞ！」


魔族はそう言いながら、片手に持った剣で俺を斬りつける。

隙だらけの動きではあるが、その隙をついて俺の攻撃が当たったとしても、魔族にダメージはない。

防御力を最大限に利用した……魔力嵐と防具に頼った力技だ。


俺はそれを、剣で受け止める。

だが、重い。

魔族が片手で振る剣であっても、魔力嵐によって強化魔法を妨害される俺にとっては、対処の難しいレベルの攻撃だ。


単純な力で言えば、この中で一番強いのはイリスだ。

だがイリスは、このような高速戦闘に対応できるレベルの技術をまだ身につけていない。

この状況でイリスが参戦すれば、その怪力を逆に利用されてしまう可能性が高いのだ。


だから俺は、一人で近接戦闘を挑んだ。

単純な力では劣っていても、技術によって剣の力を逸らすことはできる。


やはり、この魔族の力は強いが、剣士としての技術はまだまだだ。

しかも片手で剣を振ったことによって、その剣の動きはさらに単調なものになっていた。

剣の動きを読み切り、受け流そうとする俺に対し、魔族は左手——剣を持ったのと逆の手を振った。

俺の両手は今、剣によってふさがっている。

たとえ技術があっても、魔族の剣を片手で防ぎきることはできない。

片手でもう1本の剣を持って対処……などという真似も不可能だ。

爪の一撃程度であれば、防御魔法によって防ぐこともできる。

だが、今はその防御魔法が効かない。

俺に剣を受け流されることは恐らく、敵の想定通りだった。

最低限の実力さえあれば、相手と自分の技術にどれだけの差があるかは、なんとなくの見当がつく。

最初の一撃で、敵は俺に対して力では勝っているが、技術では勝てないことを理解しただろう。

恐らく、俺が敵の剣の軌道を読み切って対処してくることも、予想のうちだったはずだ。

だからこそ敵は剣の技術での勝負を避けて、剣自体は受け流される前提での左手による攻撃を繰り出したというわけだ。

「このタイトス様を舐めた報い、受けてもらおうか！」

俺が防げないことを確信し、敵が笑みを浮かべる。

――だが、敵がこう動いてくることも、俺の読み通りだ。

「まあ、そうくるよな」

敵の攻撃を、俺は避けようとしなかった。

代わりに剣を受け流す向きを調整し、敵の体勢を崩す。

そして、一気に姿勢を低くして相手の脚を払い――敵の手首を摑んで、投げた。

「なっ⁉」

敵はまさか、このタイミングで投げ技が来るとは思っていなかったのだろう。

それも当然だ。

こんな投げ技は、魔法戦闘にはない技術なのだから。

魔法戦闘が確立される以前の格闘術には、こういった投げ技が存在した。

だが……魔法戦闘には剣や魔法といった、当たった瞬間に敵の体を傷つけるようなものしか存在しない。

その理由は、魔法という武器の強力さだ。


敵の腕を摑んで投げようとしたところで、背中から魔法を撃たれてしまえば、投げるより自分が死ぬほうが早い。

摑み技や絞め技も同様だ。敵の体を拘束したとしても、魔法能力を奪うことができなければ、敵の攻撃力はほぼ丸々残ることになる。

そんな状況で体術に意識を集中させることは、攻撃してくださいと言っているようなものだ。

投げ技に使うような密着体勢は、魔法戦闘においてはただの自殺行為でしかない。

しかし、これが魔力嵐の影響下だと話が変わってくる。

放出系の攻撃魔法が撃てないのは、俺も敵も同じだ。

だからこそ敵は、最初の魔法を使ってから魔力嵐を起動した。

それは俺達を殺す……つまりは攻撃のためだったのだろうが、こういった体術から身を守るという意味でも、魔族には放出魔法が必要だったのだ。


「よっと」


俺は敵の腕と体を摑み、地面に押さえつけるようにして魔族を拘束する。

魔法を使わない、純粋な体術による拘束だ。


もちろん人間と魔族の腕力には、比べものにならないほどの差がある。

その違いは2倍や3倍では済まないだろう。

腕力だけで魔族の動きを抑え込もうとしても、できるわけがない。


だが、特殊な体術の技術があれば話は別だ。

魔法戦闘が確立される以前の戦闘術には、自分よりはるかに体格に優れる相手を抑え込むような技術も存在した。

その技術はとっくの昔……それこそ前世の俺が生まれる以前に廃(すた)れてしまったが、俺はそれを習得していた。

(まさか、こんなところで体術が役に立つとはな……)

俺が体術を鍛えたのは、まだとても若い……年齢が2桁だった頃の話だ。

前世の俺が持っていた第一紋は、魔法戦闘において間違いなく最弱の紋章と言っていい代物だった。

だからこそ俺は、魔法を使わない戦闘術に魅力を感じた。

魔法戦闘は紋章という才能に依存する部分が大きいが、それに比べれば体術は才能の差が小さい。

俺にとって、そんな体術は他の紋章を持った者と互角のフィールドで戦える、数少ない技術だったのだ。

そういう理由で俺は、体術を鍛えていたわけだ。

もちろん魔法戦闘の経験を積むにつれて、このような体術はレベルの高い魔法戦闘では役に立たないということなど、嫌というほど理解した。

体術を使う機会など、もう二度とないと思っていたのだが……まさかこのような場所で使うことになるとは思わなかったな。

「なぜだ……なぜ解けない！」

魔族は腕力にものを言わせて拘束を解こうとするが、俺の拘束は緩みすらしない。

いくら魔族に力があろうとも、必要な技術を習得していなければ、これを解くことはできないだろう。

この体術は、そういう風にできている。

そして、必要な技術を覚えている者は恐らく、世界で俺一人しかいない。

前世の時代ですら、俺の他には10人もいなかっただろう。

何しろ魔法戦闘全盛の時代には、まず使い道がない技術だったのだから。

「さて……反撃に入るとするか」

たとえ敵を拘束することに成功しても、魔力嵐の中で敵の防御を破り、魔族に有効な攻撃をするのは難しい。

かといって、俺が魔力消費のない攻撃をしたくらいでは、敵の鎧はほとんど魔力を消費しないだろう。

攻撃のためだけに踏み込めるような状況ならともかく、敵を拘束するために両手がふさがった状態では、魔力嵐の中で魔族にとって危険なレベルの攻撃を放つことはできない。

魔力消費なしで、放出系の魔法も使わず、敵に有効打――少なくとも、防御のために魔力を使わせるだけの攻撃を行える手段がなければ、この拘束にはあまり意味がないことになる。

そして……ここには、それが可能な奴(やつ)がいた。

「イリス、止まってる的なら当てられるな」

「簡単です！」

「な、何をするつもりだ！」

魔族は身に迫る危険を察知したのか、身をよじって逃げようとする。

だが俺の体術による拘束は、魔族の体をがっちりと拘束して、離さなかった。

この状態では、イリスの攻撃を回避することなど不可能だ。

「一応、俺に当てないように気をつけてくれよ」

「分かりました！　えーい！」

そう言ってイリスが、がら空きになった敵の胴体に槍を突き込む。

ガゴンッ！、という重い音とともに……イリスの槍は弾かれた。

「うーん、硬いですね……」

「そうみたいだな」

「……フ、フン。この『不壊の鎧』を舐めてもらっては困るな」

槍が弾かれたのを見て、魔族が安堵したような声を漏らした。

相変わらず俺の拘束は解けないままだが、俺達の攻撃が鎧を貫けないと分かって、少し安心したみたいだな。

どうやら敵の防具は、『不壊の鎧』という名前のようだが……確かにこの鎧は、よくできている。

今の時代では中々見ない……というか、製造が不可能なものだ。

ルリイの技術であっても、これだけの物は作れないだろう。

持ち主の魔力を使って、防御力を上げる。

言葉にすると簡単なようだが、これを実現するのは本当に難しい。

防御魔法というものはあらかじめ展開しておくものであって、攻撃に応じて強化するようなものではないからな。

それに、仮に臨機応変な強度変更が可能だとしても、イリスの槍を受け止めるだけの防御力を確保するのは難しい。

単純な話として、鎧程度のサイズの魔道具にそれだけの硬さを持たせるのは、高い付与技術を必要とするのだ。

この鎧がどういった方法で、これらのハードルを越えたのかは分かる。

前世の俺であれば、このくらいは普通に作れただろう。

だが、今の世界でこれを作れるかと聞かれれば……少なくとも、今の俺達には無理だ。

第二学園などから人材を集めても、付与の精度などの問題が解決できない。

それだけ高い魔法技術が、この鎧には注ぎ込まれているというわけだ。

このレベルの魔族がこれを自分で作れるとは思えないから、何らかのルートで入手したものだろうな。

魔族が誇るのも無理はないだろう。

まあ、この鎧が高性能だからといって、魔族の運命が何か変わるだけではないのだが。

「イリス、いつもの練習通りにやるんだぞ」

「了解です！」

そう言ってイリスが、槍をまた振り上げる。

イリスの槍による攻撃は、一切の魔力を消費しない。

ただ腕力に任せて振り回すだけでも、人間が本気で強化した斬撃(ざんげき)すら超える威力を発揮できる。

それこそ、イリスの強みだ。


「いーち！　にー！　さーん！　よーん！……」


イリスは元気よく回数を数えながら、槍を連続で突き出す。

そのフォームや攻撃の精度は、まあまあ高かった。

決して上手とまでは言えないが……的を外すことはないレベルだ。

イリスが数を数えるたびに鈍い音が響き、魔族の顔が歪(ゆが)んでいく。

硬い防具に身を守られているとはいえ、敵は生きた心地がしないだろう。

イリスが毎日欠かさずに行っている、槍の練習。

普段は岩や魔法合金の塊などを的にしたりしているのだが……途中で岩や的が壊れてしまうことも多く、的を使わない素振りになってしまうことも多かった。

しかし今日は運がいいことに、頑丈で壊れにくい的がある。

せっかくの機会だし、イリスには存分に槍の練習をしてもらおう。

「脇が空いてきたぞ！　正しいフォームを意識するんだ！」

「はい！」

これはもう戦闘ではなく、ただの槍の練習だった。

もちろん敵の防具は非常に作りがしっかりしているので、魔力がある限りは壊れないだろう。

だが、魔族の魔力はイリスが一度槍を振るたびに、『不壊の鎧』によって消費されていく。

防具の性能は、戦闘の結果を変える役には立たない。

何かの役に立ったとすれば、それは絶望の時間を長く引き延ばした程度のことだ。

「ごじゅうに！　ごじゅうさーん！」

イリスは休みなく槍を振り、『不壊の鎧』はその精密な術式によって槍を防ぐ代わりに、容赦なく魔族の魔力を吸い上げていく。

敵の魔族も、自分の魔力が急激に減っていくのを自覚しているだろう。

まあ、イリスがいくら怪力を持っているとは言っても、魔法などの強化なしで出せる力には限界がある。

そのため、このペースで攻撃が続いても、敵の魔力が切れるまでには200回ほどの打撃が必要だろう。

……とはいえ、それは魔族にとって救いにはならないな。

なす術もなく攻撃を受け続け、自分の死が一歩ずつ近付いてくる時間など、もはや拷問と大して変わらない。

もしかしたら、もっと低性能な鎧を着ていたほうが、魔族としては幸せだったかもしれないな。

「やめ……やめてくれ！」

「はちじゅうごー！」

敵は俺の拘束を解くべくめちゃくちゃに暴れるが、意味はなかった。
先ほどから、魔法も使おうとしているようだが……魔力嵐は無慈悲に、魔族が発動しようとする魔法を打ち消してしまう。

「解除！　解除だ！」

魔族は顔を歪めながら、魔力嵐の装置を解除しようとする。
だが……その解除の術式も、所詮は一種の魔法でしかない。
解除用の魔法すら破壊してしまう魔力嵐を止める手段は、もはや存在しなかった。

「ひゃくごじゅうにー！」

「あぐっ……！」

攻撃回数が150回を超えた頃から、魔族の顔色が変わり始めた。

普通に魔法などに使えるような魔力が底を突いたのだ。


生物の体内には、大きく分けて2種類の魔力がある。

攻撃などに使える通常の魔力と、生命維持に最低限必要な必須魔力だ。

この必須魔力が欠乏（けつぼう）すると、体の麻痺（まひ）や気絶、果ては心臓の筋肉が止まったりと、非常に致命的な影響が出ることになる。


通常の魔法などでは、かなり魔力操作に長（た）けた者でもない限り、この必須魔力を使うことはできない。

生物の本能が、必須魔力を削ることを拒否するからだ。

魔道具などの場合も、普通ならこの必須魔力までは吸い上げることができない。


しかし、この『不壊の鎧』はとてもよくできていた。

持ち主の魔力を限界まで……いや限界を超えて吸い上げてでも、持ち主の体を守ろうとしたのだ。

イリスの槍が当たるたびに、敵は顔を青くし、痙攣を起こす。
その動きも、段々と弱まっていった。
そして……。

「にひゃくろーく！」

「ストップだ」

イリスが２０６回目の攻撃を放とうとした時、俺はそれを止めた。
なぜなら、もう必要がなかったからだ。

「あれ、もういいんですか？」

「死んでるからな。……まったく、大した性能の鎧だ」

俺はそう言って魔族の拘束を解いて、鎧を脱がせる。

自分達で使うには魔力消費の多すぎる代物だが……どこかで使い道があるかもしれないからな。

そんなことを考えつつ俺は、魔力嵐の装置に触れる。

これも中々、しっかりした作りのようだ。

あまり長い時間ではなかったとはいえ、これだけの強度の魔力嵐を継続的に発生させられる装置はほとんどない。

誰が作ったのか、気になるところだな。

「これでよし、と」

直接手を触れて魔力を流し込んだら、魔力嵐は止まった。

まだ魔力は荒れているが、もう少しすればそれも安定するだろう。

「戦闘は終わりだ！　２人とも入ってきてくれ！」

「はい！」

「分かった！」

ルリイとアルマがそう言って、部屋の中に入ってきた。

２人にはもし敵が奇跡的に魔力嵐の途中解除に成功した場合に備えて、対策用の魔法を用意してもらっていたのだが……どうやら杞憂だったようだ。

「この魔道具、すごいですね……」

部屋に入るなり、ルリイが魔力嵐の魔道具を見て呟いた。

どうやら、一目見ただけで技術レベルが理解できたようだ。

「ああ。なかなかの魔道具だ。……こいつに比べれば、まだまだ単純なくらいだけどな」

そう言って俺は……シェルターの端に置かれた装置を指す。

いや、『端に置かれた』という表現は正しくないかもしれない。

確かに装置自体は端の壁につけるようにして設置されていたが、それは部屋の半分以上のスペースを埋め尽くしていたのだから。

「こ……これ、全部1個の魔道具なんですか？」

「ああ。どんな魔道具か分かるか？」

「えっと……置かれてる場所と大きさから考えると、多分これが『詠唱魔法の核』の正体だと思うんですけど……術式はさっぱり分からないです。今の私じゃ、何年かけても分からない気がします」

ふむ。

魔道具の勉強に熱意を燃やすルリイが、ひと目見ただけで諦めるというのは珍しいな。

普段なら詳しく分析しながら考えるところだが、それすらしないのか。


……やはりルリイは、センスがあるな。

この装置は、よく観察したところで何も分からない類の代物だ。

ルリイどころか、グレヴィルも分からないんじゃないだろうか。


「見ただけで『分からない』と理解できたなら、かなり上出来だ」


ルリイが言っていることは、全くもって正しい。

この装置に使われた術式に関する理論は、この装置を作るのに必要な部分だけに絞って集めても、本にして数十冊分には及ぶだろう。

前提となる知識などまで含めれば、必要な知識の量はさらに膨大に膨れ上がる。


「マティくんは、分かるんですよね？」

「ああ。説明しろと言われると難しいけどな。……この魔道具の解説だけに専念しても、それこそ年単位の時間が必要になりそうだ」

「年単位……想像もつきませんけど、この魔道具の複雑さを見ると、納得しちゃいますね……」

装置があまりに巨大なので、俺もまだ全容を完全に理解しているわけではない。

分解して中身を見てみなければ、細かい部分までは分からないだろう。

しかし表面に出ている魔法構成を見るだけでも、分かることはある。

「この装置、変な魔力が使われてるな」

「あっ、それは私も思いました！　なんていうか、人間と魔族の魔力が混ざってるみたいな……まさか、協力して作ったとかでしょうか？」

「魔力に人間と魔族の性質が混ざっているのは確かだ。だが……協力ともまた違いそうだな。もしかしたら、作った奴(やつ)は単独なのかもしれない」

人間と魔族が協力したというケースは少ないが、ないわけではない。

グレヴィルが一時期魔族と手を組んでいたのもそうだし、魔族が人間の中に紛れ込んで組織を利用していたような形で、人間が魔族の行動に加担する……あるいは、加担させられるケースもあるだろう。


魔族は人間に対して悪意以外を持たないことが証明されているが、人間の中にはごく一部であるものの、魔族を崇拝したり信仰するような者も存在した。

仮に魔族を嫌っている人間だとしても、騙されたり脅されたりするような形で協力させられてしまうことはあるだろう。

そして魔族も、より大きな被害を人間に与えることを目的として少数の人間と手を組むケースはあるため、限定的な条件下では協力関係が成立するのだ。


だが、この魔道具の製作を手伝えるレベルの者が相手となると話が変わってくる。

そもそも人数が少ない……というか今の時代には一人もいなくても不思議ではないし、それが2人もいて手を組むなどということは考えにくい。

そこまでの魔法知識を持つ者が魔族に騙されるとも思えないし、この魔道具に使われた魔力は、どちらかというと魔族寄りだ。

魔族本人からしても、わざわざ人間に協力させるよりも、自分一人で作ったほうが裏切りなどによる失敗の可能性を減らせるので、人間を使う理由は薄い。

明らかに高度な技術が必要な部分にも魔族の魔力が使われているところを見ると、この『魔族の魔力』の持ち主は単独でも装置を作れるレベルの者だからな。


……こう考えていくと、消去法で一つの可能性が浮上する。

それは人間と魔族が協力したのではなく、最初から製作者は1人しかいなかった可能性だ。

最初から人間と魔族が混ざり合ったような魔力を持った者がこの魔道具を作ったとすれば、この不自然な魔力の様子も納得がいく。


人間と魔族、両方の魔力を持つ者がいる可能性は、確かに考えにくい。

というか、魔法理論で考えればまず無理だろう。

だがこの世界には、魔法理論では不可能とされる奇跡を可能にする力がある。

――【理外(りがい)の術】だ。

2人の人格を融合させた人間を作ることに成功した実例は、すでに存在する。

魔法戦闘師ガイアスとマティアス――つまり俺自身が、その実例だ。

その時俺は、一時的にとはいえ紋章の混ざり合った、通常ならあり得ない紋章を手に入れていた。


では、その混ざった2人が魔族と人間であったら、どうなるか。

単純な理屈で考えると……人間と魔族の混ざり合ったような魔力ができても不思議ではない。

俺が使った『壊星』でそれが可能かどうかはともかく、無数に存在する【理外の術】のうちいくつかに、人間と魔族を融合させるような力を持ったものがあっても、おかしくはないはずだ。


そして……この装置を作った者に【理外の術】が関わっていると考える理由は他にもある。

装置に残る魔力に、ほんのわずかな歪みがあるのだ。


歪み自体は別に大きくないが、既存の魔法理論……少なくとも俺の知識の範囲内では、こんな歪み方が出る理由は思い浮かばない。

こういった、魔法理論では説明がつかない魔力の歪みこそ、【理外の術】が関わっている証だ。

【理外の術】は魔力と違い、直接的に魔法で探知できるようなものではないが、それが生む魔力の歪みは探知できるのだ。


そして【理外の術】は前世の俺が強くなる手段として考えていた、転生以外の中ではほぼ唯一と言っていい候補だ。

だから俺は【理外の術】に関して、かなり力を入れて研究を行っていた。

転生前の当時は【理外の術】の実物が手に入らなかったので、手がかりは少なかったが……その中でできる限りのことはやっていたつもりだ。

その俺の直感が、この魔道具を作った者には【理外の術】が関わっていると告げていた。

「単独ってことは……人間みたいな魔力を持った魔族ってことですか？」

「それか逆に、魔族みたいな魔力を持った人間かもしれないな。……魔道具の魔力バランスを見る限り、どちらかというと魔族寄りの魔力を持っていそうだが……実際のところは、会ってみないと分からない」

魔族は個々の力では人間より上だが、数の面では人間のほうがはるかに多いため、今まで人類と正面からの全面戦争を行うことは避けていたようだ。

代わりに魔族はこの魔道具を使って詠唱魔法を普及させ、無詠唱魔法を衰退させることによって、人類との戦いを有利に進めようとしていた。

そしてほんの数年前……俺が第二学園に入学し、無詠唱魔法を広めるまでは、その策略は上手くいっていたようだ。


そういった経緯を考えると、この魔道具の作者は人類の敵……魔族に近い存在だと考えるのが自然だろう。

だが、魔道具の劣化具合などを見る限り、この『詠唱魔法の核』は製造から最低でも数百年が経過している。

歴史の授業などでも、詠唱魔法が生まれる前の話などなかったし、恐らくその時代の記録は残っていないのだろう。


当時の状況が分からない以上、どのような意図で詠唱魔法が作られたのかは分からない。

もしかしたら、高性能だが習得に時間がかかる無詠唱魔法より、性能は酷いがすぐに使える詠唱魔法が求められるような状況があったのかもしれない。

……まあ、この魔道具が人類を助けるために作られたものだとしたら、なんでこんなに性能の低いものにしたのかは疑問が残るところだが。

これだけの装置を作り上げられるだけの技術があれば、同じ機能でこれより効率的な魔道具を作れたはずだし。

だが、俺個人の感覚としては……。

「これを作った奴は、人間としての意識を持っているような気がする」

「人間の？」

「ああ。何というか……作りが魔族らしくないんだよな」

この魔道具の術式構成は、人間の世界の本……大昔の俺が書いた本を参考にして作られているように見える。

あの本も研究途中で書いたものなので、間違っているとまでは言わないまでも、非効率だったり洗練されていなかったりする部分がある。

今日の前にある『詠唱魔法の核』の術式には、その本と全く同じような非効率性が残っていた。

本のいい部分は時代を超えて残るものだが、悪い部分は時代と共により洗練された知識に置き換えられ、術式から消えていく。

特に、この魔道具にある非効率な部分は、当時としても別に普及していたものではない。

となると間違いの原因は、俺が書いた本を参考にしたからだということになるだろう。

俺が書いた本自体は、文字さえ分かれば人間でも魔族でも関係なく読めるものだ。

入手という意味でも……それこそ国家機密に関わるような術式の本でもない限り、そう難しくはなかったはずだ。

しかし人間が書いた本を魔族が読んで身につけることは、実例としては少なかった。

真面目に本を読んで勉強するとかは、そもそも魔族のやり方じゃないからな。

研究者を脅して何かを作らせることはあっても、高度な魔法研究を一から勉強した魔族などというものは、ほとんどいないと言っていいくらいだ。

魔族は人間とは違い、本能的にオリジナルの魔法を構築することができるという話もあるが……そういった魔法は、勉強や研究によるものとは違う。

そして、この『詠唱魔法の核』は、明らかに勉強と研究を元に作られたものだ。


「二人とも、詠唱魔法が暴走したところって、見たことあるか？」

「そういえば……ありません！」

「魔族が作ったんだったら、時々暴走してもよさそうなのに……」

「そういうことだ。詠唱魔法が普及する前ならともかく、人々が無詠唱魔法を使えなくなった後だったら、むしろ時々暴走したほうが魔族にとっては都合がいいはずだ。……必要に応じて暴走確率をいじれるようにしておけば、侵攻する時にも有利だしな」


俺がこの『詠唱魔法の核』を人間的だと感じる一番の理由はここだ。

魔法というものは暴走させるより、安全に使うほうがずっと難しい。

それは魔道具によって、人間の魔力を制御する場合も同じだ。

もし暴走をある程度許容するのであれば、この魔道具の規模は半分以下で済んだはずだ。

暴走の確率を調整するような機構も、暴走を完全に防ぐ機構よりはずっと簡単に作ることができる。

そこまでして、暴走しない『詠唱魔法の核』を作るような真似(まね)を、ただの魔族がやるとは思えないのだ。

……とはいっても、何か証拠があるわけではないので、これはただの推測なのだが。

詠唱魔法が普及しやすいように、暴走しないような機構を作った可能性もゼロではないしな。

「まあ、『詠唱魔法の核』を作った奴に関しては、魔力反応から調べてみることにしよう。これだけ特徴的な魔力反応なら、探しようはあるからな」

「探すってことは、また大きな探知装置みたいなのを使うの？」

「それも一つの手なんだが……ちょっと気になる場所があるから、まずはそこを見に行ってみたい」

というか……この魔力パターンに近いものは、すでに心当たりがあるんだよな。

何も知らなければノイズとしか見えない大きさだが……こういう魔力パターンがあると分かってしまえば、気付けるようなものだ。


魔力パターンというものは、人間や魔族を探す時に最も役に立つ情報の一つだ。

漠然と『魔族を探す』のに比べて『特定の、魔力パターンが分かっている魔族を探す』ほうが、比べものにならないくらい簡単だからな。

だから探知用の魔道具を使う時にも、わざわざ敵の魔力パターンを記録した魔石を用意したのだ。


特徴的な魔力パターンであればあるほど、探すのは簡単になるし、勘違いのようなことも少なくなる。

今回は魔力パターンが特殊すぎるので、まず勘違いの可能性はないと言ってもいい。

そこに製作者本人がいるのか、それとも同じ作者の魔道具があるのかは分からないが……いずれにしろ手がかりにはなるだろう。

「気になる場所？」

「第二学園だ」

「だ、第二学園ですか⁉　……でも第二学園の近くなんて、一番警戒が厳しい場所なんじゃ……」

第二学園は今まで幾度となく、周辺魔力の分析が行われている場所だ。
魔族を締め出す王都大結界の内部でもあるし、普通に考えて魔族がいるとは思えない場所だ。
仮に人間と魔族の性質を併せ持った者だとしても、魔族としての魔力を持っている以上、その監視の目をくぐり抜けるのは簡単ではないだろう。

地下深くなどに隠れていたとしても、それは同じだ。
王都大結界の魔力源となる龍脈は、事前に俺を含む大勢の調査が行われている。
龍脈が地下深くにも伸びていることを考えると、あんなに目立つ魔力を隠すのは容易ではない。

俺がこの魔道具の魔力反応を見る前であっても……もし地下などに隠れただけだったら、『魔族がいる』とは気付けただろう。

そして何より……。

「ああ。あそこにはグレヴィルもいる。よほど高い隠蔽技術がなければ、見つかることは避けられないだろうな」

「よほど高い隠蔽技術……確かに、持ってそうですね」

グレヴィルは前世の時代で、しっかりと鍛錬を積んだ魔法使いだ。

王家の縛り……一種の呪いのようなものによって戦闘には不向きな状態になっているが、その魔力感知能力などは衰えていない可能性が高い。

その彼でさえ気付けないレベルの隠蔽を行うのは難しいが、この『詠唱魔法の核』を作るのに比べればはるかに簡単だ。

……しかし、それだけの技術を持った奴が王都に潜り込んでおきながら、今まで目立った行動を起こさなかった理由は気になるところだな。

やろうと思えば、王都大結界を一時的に無効化するくらいは簡単だろうに。

「ってことは……もしかして王都って、結構危ない？」

「いや、そうとも言えないな。もし『詠唱魔法の核』を作った奴が人間を滅ぼすために動いているとしたら、とっくの昔に行動を起こしているはずだ。理由があって手を出していないか、そもそも手を出す気がないか……いずれにしろ、今すぐ動いてくる可能性は低いはずだ」

まあ、とりあえずは現地に行くのが先決か。

今まで潜伏していた奴がこのタイミングで動き出すとも考えにくいが、急に気まぐれを起こさないとも限らないからな。

と、その前に……。

「まずはこのシェルターを閉じて埋め直そう。『詠唱魔法の核』が壊されないようにな」

「あれ？　せっかく魔族をやっつけたのに、これは元に戻しちゃうの？」

「魔力供給を止めれば、壊さなくても止められると思いますけど……難しいですか？」

ふむ。

確かに『詠唱魔法を普及させ、無詠唱魔法を衰退させる』という魔族の思惑を砕く(くだ)という意味では、詠唱魔法を無効化するのは有効な手だろう。

詠唱魔法をいくら集めても魔族に対抗するのは難しいので、魔族との戦いだけを考えれば、詠唱魔法は無効化してしまったほうがいいはずだ。

今は『詠唱魔法があれば十分』と思っている人達も、詠唱魔法が使えなくなれば、無詠唱魔法を勉強し始めるだろう。

勉強に必要なものも今は普及しつつあるし、たとえ才能がない奴であっても、半年もすれば今の詠唱魔法よりはマシな魔法が使えるようになるはずだ。

前世の世界では無詠唱魔法を使えない者などいなかったし、適切な学習方法さえ用意されていれば、誰(だれ)でも使えるようになる。

だが……。

「確かに、無詠唱魔法を普及させるだけならそのほうがいいんだけどな……今これを壊すのは社会の混乱が大きすぎて、逆に隙(すき)を作ることになる」

「詠唱魔法を使ってるところなんて、もうしばらく見てない気がするけど……」

「第二学園の周りでは、ほとんど使われてないらしいけどな……第二学園を少し離れれば、まだまだ詠唱魔法を使っているところのほうが多いのが現状だ。無詠唱魔法が普及している場所ではわざわざ詠唱魔法を使えなくする理由がないし、逆に無詠唱魔法が普及していない場所では被害が大きすぎる」

まあ、数分間だけ魔道具を止めることによって『詠唱魔法は不安定だから、早く無詠唱魔法を習得する必要がある』という認識を作る手はなくもないのだが……今まさに戦闘中の冒険者などの場合、その数分間が命取りになる可能性もある。

第二学園を起点とする無詠唱魔法教育が動き出す前ならともかく、今そんな危険なことをする理由はないだろう。

そして何より、詠唱魔法を使えなくすることによって無理矢理に無詠唱魔法を勉強させても、あまり意味がない。

無詠唱魔法が強いということは、すでに一般的に知られつつある事実だ。

自分が強くなる手段や、最先端の生産魔法を追い求めている人間なら、放っておいても無詠唱魔法に手をつけることだろう。

無詠唱魔法を身につける必要があるのはそういう者達であって、それ以外の……普通に生活している人達にとっては、詠唱魔法も悪いものではない。

生活用の魔法などを安全に使うという意味では、むしろ詠唱魔法の安定性は褒めてもいいくらいだ。

魔族はこの魔道具を守るように戦っていたが……逆に魔族がこれを壊した上で、混乱に乗じて攻め入るようなことがあれば、そのほうが対処は難しかったかもしれない。

まあ、『詠唱魔法の核』を確保した以上、これを止めるのはいつでもできるので、わざわざ今やる理由はない。

ゆっくりと準備を進めた上で、いいタイミングを見計らって止めればいいだろう。

その頃にはもう、『詠唱魔法の核』を壊すまでもなく、誰もが無詠唱魔法を使うようになっているかもしれないが。

◇

「完成です！　……これで、大丈夫でしょうか？」

「ああ。これでもう簡単に『詠唱魔法の核』が壊される心配はないとみていい」

それから1時間ほど後。

俺達は『詠唱魔法の核』を埋め戻し、必要な保護魔法をかけ終わっていた。

「じゃあ、学園に戻るとしよう」

「……いつもなら、学園に戻るのは戦いが終わった後なんだけど…第二学園の地下に魔族がいるって聞いちゃうと、あんまり安心できないね……」

「今まで大人しくしていた魔族だから、すぐに何かあるわけではないと思うけどな。……とはいえ、もしここにいた魔族たちが製作者の仲間とかなら、本人が『詠唱魔法の核』を確保されたのに気付いて動き出す可能性もある。気は抜かずにいこう」

「了解！」

こうして俺達は、無事に上級魔族と『鎧の異形』の討伐を済ませ、第二学園へと戻ったのだった。

◇

『お帰りなさいませ、マティアス様。あの短時間で魔族のみならず『鎧の異形』まで滅ぼしてしまうとは……流石ですね』

俺達が王都に入るとすぐに、グレヴィルからの通信魔法が入った。
どうやら戦闘が終わったことは、すでに知っているようだ。

まあ、グレヴィルの探知能力を考えると、『龍脈瘤』が解除された時点で俺達の勝利には気付いていたのだろうが。

龍脈関連の大規模魔法は、遠くにいても分かりやすいほどの余波を発するからな。

しかし……。

『流石って言ってもな。前世の時代になら、このくらいできる奴はいくらでもいただろ』

『……いませんよ。頑張って探せば見つかるかもしれませんが、絶対にいくらでもはいません』

『いや、本を読めば方法くらいはいくらでも……』

『ガイアス様が書いた本のことであれば、おそらく中身を正確に理解している人は、ガイアス様だけです……』

うーん。

正確に理解しているかはともかく、少なくとも『詠唱魔法の核』を作った奴は、あのくらいはできるような知識を持っていたと思うのだが。

魔族の側にそれだけできる奴がいるのならば、人間の側には沢山いてもいいはずだ。

直接的な戦闘ならともかく、魔法に関する研究がよく行われていたのは、人間側の世界なのだから。


……しかし、今大事なのはそこではないな。

こうして暢気な通信をしているということは、まだグレヴィルは魔族の魔力を感知していないようだ。

グレヴィルの魔力探知能力は、今の俺よりも高いくらいだ。

そのグレヴィルが、今まで王都にいても分からなかったとなると、少なくとも魔族が何らかの動きを起こしたということはなさそうだな。

となると『詠唱魔法の核』の場所にいた魔族たちは、製作者とは関係がなかったのかもしれない。

まあ、まだあの魔族が王都の近くにいるならの話だが。

『グレヴィル、王都に魔族がいる可能性がある』

『王都ですか？　少なくとも、私の魔力探知には何も引っかかってはいませんが……マティアス様なら分かるのでしょうか』

『いや、分からない』

俺の受動探知も、まだそれらしき魔力反応は捉えていない。

もっとも、この距離でも分かるレベルの魔力反応だったら、『詠唱魔法の核』の魔力を見るまでもなく気付いていたことだろう。

どのような魔力反応だか正確に分かっていて、探知に向いた環境を整えて、やっと見つけられる。

その程度の大きさの魔力反応だからこそ、今までノイズとして扱われていたのだ。

多少距離が離れれば、そのノイズすら捉えられないだろう。

あの魔力反応を前回見たのは、王都大結界を作った時……結界の魔力源にするために、龍脈の状況を調査した時だ。

恐らく、あの龍脈を見れば、詳しい場所が分かることだろう。

魔族が潜伏をやめて移動していた場合は、別の方法で探す必要があるだろうが。

『マティアス様の判断でしたら、まず間違ってはいないでしょうが……理由をお聞かせ願えますか？』

『……『詠唱魔法の核』というものを知っているか？』

『はい。ただ訳の分からない呪文（じゅもん）を唱（とな）えるだけで、魔法が使えるようになる装置……我々の時代にはなかった詠唱魔法を実現させる装置です。実物は見つかっていないようですが、全世界という広い範囲にわたって呪文の検知と魔力の制御を行っているため、極（きわ）めて高度かつ大規模な魔道具かと思われます。詠唱魔法が人類の発展を阻害（そがい）していたことを考えると、あの魔道具を作ったのは魔族だと考えられているようですが……もしかして、あれもマティアス様が？』

『いや、俺じゃない。作る理由はないし、そもそも今の俺の紋章じゃ作れないからな。……だが、実物が見つかった。魔道具に残った痕跡（こんせき）は、魔族と人間が混ざったようなものだ』

俺の言葉を聞いて、グレヴィルが一瞬沈黙した。
通信魔法では表情までは見えないが、驚きは伝わってきた。
そして少しして、またグレヴィルの言葉が聞こえてくる。

『魔族と人間の間に、子供ができた……と？』

『いや、その可能性は低いだろう。人間と魔族は確かに似た見た目をしているが、体の構造はまったく別の生物だ。人間と牛の間に子供ができないのと同じように、人間と魔族の間にもできない』

『では、一体どうやってそんな魔族が……まさか、人体実験か何かで？』

人体実験か。
確かにそういうことをしそうな連中は、前世の時代に何人かいたが……別々の魂を持った生物同士を融合させるのは、そもそも技術的に不可能だと言っていい。
ヴォイド・イーターのように他の生物を吸収する魔物はいるが、あれは1匹の魔物がベースとなって他の魔物を取り込んでいるだけで、融合というよりは食事に近い。

両方の性質を残したまま『融合』したなどという前例は、俺が知る限り存在しない。

俺は『壊星』を使って前世のガイアスの力を得たが、あれも魂自体は同一だから実現できたことだし。

『人体実験の可能性もゼロとは言えないが、俺は【理外の術】の影響を疑っている』

『【理外の術】ですか……。確かに、死人を生き返らせるような無茶が通るなら、そのくらいは起こってもおかしくありませんね』

実際に【理外の術】によって生き返ったグレヴィルが言うと、説得力が違うな。

魔法理論で説明がつかないからこそ『理外の』術などと呼ばれているわけで、無茶な性能を持っているのは当たり前でもあるが。

『今のタイミングで、その話をするということは……それに近い魔力を持った魔族が、王都で見つかったということですか？』

『ああ。正確に言うと、前に確認した魔力反応に、『詠唱魔法の核』から見つかったのと同じものが混ざっていた。場所は第二学園の地下にある、エイスラート中迷宮の龍脈だ』

『なるほど。……それでは、急いで龍脈までご案内します。準備を進めておきますので、第二学園でお会いしましょう』

『分かった』

俺が答えると、通信が切れた。

エイスラート中迷宮は、第二学園生が訓練ついでに入ることの多い迷宮だ。

そこが魔族との戦場になる可能性があるということで、避難指示でも出しに行ったのだろう。

「グレヴィルが準備をしてくれているらしい。このまま第二学園に向かうが、3人とも大丈夫か?」

「ボクは大丈夫!」

「私も大丈夫です！」

「えっと……持ってきたごはんがなくなっちゃったので、食堂に寄ってから行きたいです！」

うん。３人とも大丈夫そうだな。

イリスの食糧は、後で校長か国王にでも用意しておいてもらうことにしよう。

そもそも俺達が『鎧の異形』と戦いに行くことになったのは、国からの頼みが理由なんだし。

「でも、マティくんは大丈夫ですか？」

「……正直、強い相手と戦える状態じゃないな」

『鎧の異形』との戦いで、俺はかなりの魔力を消費している。

その上、『龍脈瘤』によって荒れ狂う龍脈を相手に『人食らう刃』を使う羽目（はめ）になったこともあって、魔力回路も傷ついている。

だいぶ治ってきたとはいっても、強敵と戦うのに十分な状態かと言われれば、そうではないと答えざるを得ないだろう。

だが……。

「まあ問題はない。別にすぐ戦うってわけじゃないしな」

「あれ？　そうなんですか？」

「ああ。今まで何十年も潜伏してた相手なんだ。見つけるだけ見つけて、準備を整えてから戦えばいい」

王都内部に潜伏した魔族が、今まで何の行動も起こさなかったということは……そもそも何もする気がないか、何もできない理由があったかだ。

となれば放っておいても何もしてこない可能性だってあるし、王都の安全を守るという意味では、放っておいても問題ないかもしれない。

まあ、何もしていないと見せかけて、実は王都を丸ごと破壊するような装置を作っている……といった可能性もなくはないので、なんとも言いがたいところだが。

とはいえ、【理外の術】が絡む話なら、安全がどうとかのことは一旦置いておいても、純粋に強くなるための手がかりとして興味がある。

魔族と人間の中間のような存在が、素直に【理外の術】を渡してくれるかは分からないが……『壊星』の時のように、敵が使っていた【理外の術】を利用できることもあるからな。

ああいった使い方をするには、まず【理外の術】が『壊星』のように、人間が使える状態で残っている必要があるが。

などと考えつつ歩くうちに、第二学園に到着したのだが……。

「いつの間にこんなことになったんだ……？　俺達が王都を出てから、そんなに時間は経ってないよな……？」

俺達が辿り着いた第二学園は、出発前とは様変わりしていた。

防衛設備の数や質が、以前とは比べものにならないほど上がっている……というか、要塞と化しているのだ。

確かに俺達の出発前から、第二学園は王都大結界の守りの要となる場所として、多くの防衛設備が揃えられていた。

だが、それは今の世界の基準での話だ。

今の第二学園には、明らかに前世の世界の影響を受けたと思しき防衛設備が、山のように配備されていた。


手に入る材料の問題なのか、さほど高出力な魔道具は配備されていない。

どちらかというと魔毒や攪乱などの、状況を少し有利に傾ける程度のものがほとんどだ。

破壊的な威力を持つ大型魔道具に比べれば、まだ製作は楽なほうだろう。

とはいえ……それが第二学園の敷地全域にわたって、数千個も仕掛けられているとなれば話が別だ。

それも、俺達が第二学園を出てから今までの、ほんの1日にも満たない時間で。

こんな真似ができる人間は、1人しかいない。


「グレヴィル、随分と派手にやったな……」

俺は周囲に配備された魔道具を見ながら、俺を迎えに来たグレヴィルにそう言った。

グレヴィルは付与に向いた栄光紋にもかかわらず、付与魔法への適性は他の紋章より少しマシ程度でしかない。

知識ではルリイよりはるかに上だが、付与術師としての能力は、すでにルリイのほうが上と言っていいくらいだ。

だから、防衛設備などの製造にはあまり期待していなかったのだが……グレヴィルは長く鍛錬を続けていただけあって、魔力量は多い。

その強みを活かして、個々の魔道具の性能を物量でカバーしたというのが、この防衛網だろう。

極端に強力な魔道具はないため、時間さえあれば破られてしまうだろうが……逆に言えば、時間稼ぎとしては心強い。

「生徒の成長の機会を奪ってしまうのではないかと思い、密かに製作だけしておいていたのですが……そうもいかなくなってきましたので」

「なるほど、前から作っていたのか」

「はい。どうも蘇生してから『王家の制約』が不安定なようで……日によって作れたり作れなかったりするのですが、作れる時に作りました」

『王家の制約』か……。

元々あの魔法は、ただ古代人や魔族を殺せなくなるだけのものなのだが、どうやら【理外の術】による干渉で、妙な影響が出てしまったようだな。

グレヴィルも殺傷力を持たない魔法なら使えるので、いざという時には戦力としても考えていたのだが、そうもいかないかもしれない。

「同じ付与魔法が、日によって使えたり使えなかったりするのか?」

「はい。調子がいい時にはこういった魔道具も作れるのですが、調子が悪い日は簡単な水魔法や身体強化すら使えず……力仕事などは生徒に手伝ってもらうこともあります」

「そうか……」

元々『王家の制約』というのは、かなり曖昧で不確定な部分の多い魔法だ。

人や魔族を殺せない……という単純な制約ではあるが、たとえば手足を縛って狭い場所に閉じ込められた人間が相手であれば、ただの水魔法でも窒息死という形で殺傷力を持つことになる。

こういった判定の部分は、精神や魂に関する魔法の領分なのだが……【理外の術】による干渉が、このバランスを崩しているといったところか。

「ちなみに、前には使えなかった魔法が使えるようになることもあるのか？」

「ありません。むしろ時間とともに、制約が強くなっているようにも感じます」

「……解除できたらいいんだが、血筋に関わる魔法となると難しいな。付与魔法の一種でもあるから、俺の紋章じゃ無理だ」

解除できる可能性があるのはルリイだが、今の実力ではまだ無理だな。

まあ、グレヴィルはたとえ魔法が使えなくとも、俺達がいた時代の技術に関する知識がある。

今まで通り第二学園の教師として、生徒たちの教育という役目を果たしてもらうことにしよう。

「その状態で、迷宮を案内できるのか？」

「今日は調子がいい日のため、自衛のための魔法くらいは使えるかと。……15層に、学園で使っている龍脈観測所があります」

「なるほど。じゃあ、案内を頼む」

こうして俺達は、龍脈観測所へと向かうことになった。

……俺が在学していた頃にはなかったものだが、第二学園の設備も順調に増えているようだな。

それから30分ほど後。
俺達は何事もなく、15層へと辿り着いていた。

「こちらです」

そう言って俺達を先導するグレヴィルについていくと……迷宮の奥から、ミスリルでできた重厚な扉が姿を現した。
扉には、『龍脈観測所』と書かれている。

「魔力遮蔽扉か」

「はい。迷宮の魔力を遮断することで、観測に向いた環境を実現しているのです。……高学年の生徒たちが研究に使ったりもする施設なので、できるだけいい環境を整えようと思いまして」

なるほど。

確かに魔物などが暴れ回る迷宮は、龍脈観測に理想的な環境とは言えないからな。

慣れてくれれば、多少のノイズがあっても龍脈の魔力を見分けられるようになるが……そういったノイズは、ないに越したことはない。

この龍脈観測所があれば、効率的に魔族探しができそうだな。

などと考えていると、グレヴィルが扉を開いた。

扉の奥には5人ほどの生徒がいて、何やら雑談をしていたようだが……グレヴィルの顔を見ると、そのうちの一人が慌てた顔で立ち上がった。

「ぐ、グレヴィル先生！　観測レポートの提出期限は明日だったはずじゃ……」

「明日なので大丈夫ですよ、ミルガ君。レポートは順調ですか？」

「え……えっと……できれば、期限を延ばしていただけると……」

第二学園の龍脈観測所というだけあって、生徒達の課題などで使われているようだな。

無詠唱（むえいしょう）魔法が広まる前だと、10階層以降は危険地帯として扱われていたものだが……今ではレポート課題のために入るような階層になっていたようだ。

このあたりからも、第二学園生たちのレベルが順調に上がっていることが分かるな。

俺達は特殊特待生として、高学年の授業を受けることなく学園を出てしまったのだが、高学年まで在学するとレポート課題などもあるようだ。

昔は聞かなかった話なので、もしかしたら新しく導入された課題かもしれないな。

龍脈関連の技術などを勉強するためには、実物を見て覚えるのが一番なので、なかなかいい方針かもしれない。

俺は教育の専門家ではないが……実際に第二学園生たちのレベルが上がっているところを見ると、グレヴィルの教育方針はうまくいっているようだな。

まあ、戦闘能力向上のほうは順調でも、レポートは順調ではなさそうだが。

「分かりました。３日伸ばしましょう。担当の先生には、後で経緯を伝えておきます」

「ほ、本当ですか⁉」

「あのグレヴィル先生が、レポートの期限を延ばすなんて！」

生徒たちの反応を見るに……グレヴィルは普段、レポートの期限に厳しいようだな。

まあ、期限を守るというのは基本的なことのようで、非常に重要な課題だ。

魔族との戦いなどに関しては、ちょっとした行動の遅れが文字通り命取りになる可能性もある。

第二学園は、魔法戦闘師の養成機関としての役目が強いため、学園生のうちからそのあたりの意識を持っていてもらうということだろう。

今回に関しては、俺達が観測の邪魔になってしまうので、期限延長も仕方がないかもしれないが。

「はい。その代わり、ここの設備をマティアスさん達に貸してください。どのくらい時間がかかるかは分かりませんが……長い時間がかかるようであれば、さらなる期限の延長を認めます」

「やった！　グレヴィル先生万歳！　マティアスさん万歳！」

「どうせなら3日と言わず、1ヶ月くらい使ってもらっても……」

グレヴィルの言葉を聞いて……生徒たちが喜びはじめた。

どうやら生徒たちは、あまり課題に熱心というわけではないようだ……。

だが、この生徒たち……意外にも、魔力の流れがなかなか整っている。

綺麗に無駄なく流れる魔力は、魔法戦闘師としての鍛錬の証だ。

ここに来るまでに見かけた生徒たちと比べても、レベルが高いような気がするのだが……気のせいだろうか。

などと考えていると、グレヴィルから通信魔法でフォローが入った。

『こんなことを言っていますが、戦闘関連の成績は優秀な生徒達なんですよ。ただ、戦闘に直接関係のない魔法には、あまり興味がないようで……』

『なるほど、戦闘馬鹿か』

『はい。龍脈などに関する魔法は、興味を持ったときに覚えればいいという考えもありますが……基礎くらいは知っておいたほうが、後で色々と応用が利きますから』

どうやら彼らは、優秀な生徒だったようだ。

レポートに不真面目なのがいいことかどうかは置いておいて、戦闘系の魔法を早く覚えたいという意識を持っているあたり、なかなか将来有望だな。

第二学園から魔族を単独討伐できるような魔法戦闘師が出るのも、時間の問題かもしれない。

「……あれ？　マティアスさんってもしかして、『あの』マティアス伯爵ですか？」

通信魔法が途切れたところで、生徒のミルガがグレヴィルにそう尋ねた。

ミルガの言葉に、グレヴィルが答える。

「はい。この学園のカリキュラムの大元(おおもと)を作った、マティアスさんです」

「マティアスさん、私達より下の学年にいたとは聞いてたけど……本当にこんなに若かったんだ……！」

そう言ってミルガが、目をキラキラさせる。

……有名人を見るような目だ。

「……彼がここに来たことは、他の人に話さないようにしてください。少なくとも、一般に情報が出回るまでは」

「了解です！　マティアスさんに会ったと自慢するのは、しばらく我慢(がまん)します！」

……しばらく学園に行っていない間に、逆に有名人扱いになってしまったような気がする……。

昔は生徒の一人というくらいの扱いで、会ったことを自慢するような人間ではなかったのだが……。

というか、書類上は今も生徒なんだよな。授業を受けていないというだけで。

「いいでしょう。では今から設備を使いますから、部屋から退出してください。浅い階層とはいっても安全ではないから、気をつけて帰るんですよ」

「「「はい！」」」

そうして生徒たちは武器を持って、観測所を出て行った。

帰り道にも、特に引率などはつかないようだ。

まあ、彼らの動きを見る限り、15層くらいは全く危険ではないだろうが。

「お待たせしました。王立第二学園の龍脈観測所としては、ここが一番高性能なのですが……性能は十分でしょうか？」

「ああ。安定した龍脈に接触できる、いい場所だ。……これは一旦どかすぞ」

そう言って俺は、観測用に設置されていた魔力計をどけて、龍脈を露出させ……『人食らう刃』を取り出した。

龍脈の状態を精密に観測するなら、機械を使うよりこっちのほうがいい。

魔力回路の状態も万全とは言えないが……龍脈の荒れていない場所なら、特に問題はない。

もし今の観測精度で足りないようなら、回復を待ってまた観測すればいいしな。

とりあえず、今の状態で試してみよう。


「接続を始める」


俺はそう宣言しながら、『人食らう刃』を起動する。

龍脈に直接触れることのできる場所だけあって、接続はスムーズだった。

『人食らう刃』を介して、龍脈の状態が鮮明に伝わってくる。

龍脈の状態は、極めて安定している。

王都大迷宮の接続による影響もほとんどなく、その他の魔法による干渉も見られない。

龍脈に詳しい前世の技術者でも、この龍脈を見れば全員が『何の人為的干渉も見られない』と判断するだろう。

だが……俺はその魔力反応を、さらに詳しく観察する。

龍脈が持つ魔力の中に潜む、わずかなノイズ。

戦闘中に『受動探知』などで探しているのに比べて、1000分の1以下の大きさの、魔力の揺らぎ。

普段なら無視するノイズを、俺は体で感じ取る。

これらのノイズの多くは、地下水の動きや魔物の歩行、微生物の動きや地上から伝わる振動などによるものだ。

ノイズの動きは不規則な上、数が多すぎて区別のつけようがないので、その中からは情報を取り出すことができない。

無理矢理にいくつかのパターンを見つけ出すことはできるが、そのパターンには何の意味もない場合がほとんどだ。

もし何らかの理由があるとしても、それは『地上の魔法機械が起こした余波』や『寝ているろう。

魔物のいびき』……あるいは、観測者本人の心臓の鼓動などといった、無意味なものばかりだ

このノイズの中から魔族を探せというのは、誰かが描いた絵の中に適当に絵の具をぶちまけた後で『この絵の中から、花の絵を探せ』などと言うようなものだ。

花の形などいくらでも考えられるし、花らしき形があったとしても『そこに花が描かれている』のか、たまたま絵の具が集まって『花だと言われれば、花のようにも見える図形』ができた場所なのかも分からない。

それでもその『花らしき図形』が一つであれば考えがいがあるが、その絵が極めて大きくて『花らしき図形』が万単位の個数だったりしたら、もう判断は不可能だと言っていい。

同じように、無数のノイズから『魔族の魔力反応に似たパターン』を見つけ出すのは簡単だが、その中から本物の魔族を見つけるのは不可能だと言える。

しかし、あらかじめ分かったパターンを見つけるとなれば話は別だ。

鮮明に描かれた魔族の絵を渡されて「この絵を探せ」と言われれば、たとえ絵の8割近くが上から塗り潰されていたとしても、残った部分だけで判断がつくことだろう。

一時的に魔族の部分がほとんど覆い隠されてしまうタイミングがあったとしても、龍脈のノ

イズは変動し続けるので、そこに本当に魔族の絵が描かれているなら、いつかは見える時がくる。

そして……。

「見つけた」

龍脈に接続して5分ほど経った後。

俺はノイズの中から、目当ての反応を見つけ出した。

その魔力は極めて巧妙に隠蔽されているが……見つけてしまえばもう間違いようがない程度には、特徴的だった。

「やはり、王都の中に魔族が……？　探知にかかった時間からすると、かなり深い階層か、遠い位置かもしれませんが」

「……本体は、それなりに遠そうだな。でも隠れ家の入り口は、グレヴィルが思っているより浅い階層だと思うぞ」

「浅い階層……ですか。20層までは学園による精密調査の対象で、私も直接安全を確認していますので……、その少し下でしょうか？」

「いや、5層だ」

俺はそう言って、上を指す。

5層といえば、俺達だって今までに何度も通過した階層だ。
昔の学園生たちでも立ち入れる階層なので、人通りも多い。
もし今回の調査がなければ、あんな場所に魔族の隠れ家の入り口があるとは、夢にも思わなかっただろう。

だが龍脈が示す魔力反応は……確かにその場所に、魔族の魔力を隠蔽した痕跡があることを教えていた。
恐らく魔族本人というよりは、その魔族が作った『隠蔽用魔道具の魔力』だが、製作者本人の魔力が使われているのであれば、その先に魔族がいる可能性は高いだろう。

「急いで学園迷宮を封鎖します。生徒の立ち入りを禁止するよう、校長にも……」

「その必要はない。今はまだ、気付かないふりをしておこう」

学園迷宮の封鎖などを行ったら、それは『学園迷宮に何かあると気付いた』と宣言しているに等しい。

監視用の魔道具自体が潜伏を露見させる原因となるため、魔族が学園迷宮を直接的に監視している可能性は低いが……あれだけ巧妙な偽装をする技術を持った魔族なら、龍脈などを介して、迷宮内部にいる人間の数程度は把握していてもおかしくない。

気付かれるような行動は、極力避けるべきだ。

魔族に俺達の動きを気付かれた時点で、敵は対処——迎撃の準備や逃走を始めるだろう。

その時間は、できるだけ短いほうがいい。

気付いたことすら知らせず、一気に勝負をつけるというわけだ。

「しかし、生徒達の安全は大丈夫でしょうか？　今は大人しくしているとしても、魔族が急に動き始める懸念はあります。第二学園の教師として、生徒を危険にさらすのは……」

ふむ。

しばらく見ない間に、グレヴィルはだいぶ教師らしくなっていたようだな。

確かに5層に魔族がいるとしたら、グレヴィルの心配はもっともだが……。

「安心してくれ。魔族がいるのは、恐らく深い階層だ」

「しかし、入り口は5層と……まさか、迷宮の分岐ですか？」

「ああ。魔族は迷宮の分岐を丸ごと隠れ家にして、その存在ごと隠蔽している。……小さすぎるものは見つけにくいが、大きすぎても見つけにくいものだな」

迷宮の分岐。

それは名前の通り、迷宮が枝分かれする現象だ。

通常なら10層の下の11層は一つしかないが、この『迷宮の分岐』が起きている場合、11層が2つあったりする。

そして、枝分かれした先の片方は、もう片方と全く違った様子になることも珍しくない。

このような現象が起こる原因はいくつかあるが……元々は2つあった迷宮が、拡大する過程で一つに合わさったというのが、一番多いケースだな。

迷宮の分岐自体は極端に珍しい現象ではないものの、それを丸ごと隠蔽したケースは、初めて見るかもしれない。

通常の迷宮だと、どう隠しても内部の魔物などの影響で周囲に大きな余波が出て、隠蔽などしようがないのだが……何らかの方法で、それすら抑え込んでいるのだろうな。

方法はいくつか思いつくが、いずれにしろ大した隠蔽能力だ。

「……迷宮分岐を丸ごと隠れ家に、ですか。確かに盲点でしたね」

「普通、隠れた魔族を探す時に、わざわざ迷宮分岐を探したりはしないからな。そもそも非効率だし、隠蔽工作の途中で見つかる可能性が高い。……特に5層のような浅い階層だと、迷宮に人が入り始めてから隠蔽を施すのは難しかっただろうな」

「となると5層に敵が隠れたのはかなり昔……下手をすれば、第二学園の創立前ですか」

「その可能性が高いな」

俺達が入学する前の第二学園生のレベルは、決して高いとはいえなかった。
小さな隠れ家くらいであれば、使用中の迷宮でも簡単に隠せただろう。

とはいえ……5層にある迷宮分岐を隠すとなると、話が変わってくる。
当時でも5層に入れる程度の冒険者ならいくらでもいただろうし、迷宮分岐のような分かりやすい地形の存在を、冒険者が見逃すわけもない。

迷宮分岐を隠蔽し、それに気付かれないように隠れるとなると……隠蔽魔法の精度以前に『迷宮分岐の存在を知る者をなくす』という作業が必要になってくる。
一人残らず殺すにしろ、記憶操作系の魔法を使うにしろ、並大抵のことではない……というか無理だろう。

冒険者本人だけならともかく、その話を聞いた一般人まで全員あぶり出して対処を行うことなど、前世の俺でもできるか怪しいところだろう。

世界を丸ごと滅ぼすほうが、ずっと簡単だ。

情報が広まる前に分岐を隠したとすると、それこそ歴史書などにも載っていない時代の話になるかもしれない。

「そもそも……いくら技術があっても、迷宮の膨大な魔力を抑え込んで安定させるには時間が必要だ。俺やグレヴィルが、龍脈を確認するまで気付けなかったレベルとなると……最低でも100年は経っているな」

「……そんなに前から、敵のいる場所の上に王都がある状態だったとは……やはり今の世界は安定しているように見えて、実は崩壊と隣り合わせなのですね」

「そういうことだ」

もうちょっと世界が安定していたら、俺達は鍛錬だけに集中できるのだが……残念ながら、そんな日がくるにはまだ時間がかかりそうだな。

下級魔族は広域型攻撃魔法『天の眼』によって全滅したとはいえ、中級以上の魔族はまだ生き残っているし。

「まあ、王都に今隠れている奴は、必ずしも敵だとは限らないけどな。魔族と人間の中間である以上、人間寄りや中立の可能性もある」

「確かに、そうですね。……迷宮を丸ごと隠し通せるだけの技術があるなら尚更、ただ隠れているだけなのが不自然ですし、軽率に攻撃を仕掛けるのも考えものですか」

「そういうことだ。……まあ、超大規模災害を起こす準備をしている可能性もあるし、放っておくつもりはないけどな。準備が整い次第、魔族の居場所へ行くことになる」

敵が動きを起こさない以上、攻撃のタイミングはこちらから選べる。

魔力回路の損傷を完全に回復して、それから攻撃となると……。

「迷宮分岐を暴くのは2週間後だ。それまでの間、エイスラート中迷宮に関しては、いつも通りの使い方をしてくれ」

こうして俺達は、２週間後に隠された迷宮分岐を暴き、中に潜む『魔族と人間の魔力を併せ持つ者』の元へと向かうことになった。

とはいっても、一番興味があるのはその者自身というより、その者が相容れない２つの魔力を併せ持つことになった原因のほうだが。

第五章

Chapter 5

「準備はできてるな」

「はい。迷宮に入った生徒達も、全員帰還の確認がとれています」

それから2週間後。

俺は無事に魔力回路を回復し終わり、迷宮の入り口へとやってきていた。

戦闘の余波などに備えて、迷宮の出口には頑丈な隔壁が建設されている。

「私も大丈夫です！」

「ボクも！」

「ワタシもです！　……ご飯は、もうちょっと持ってきたかったですけど」

ルリイ、アルマ、イリスの３人も準備を済ませ、迷宮の入り口に集合している。

迷宮分岐の先はどうなっているか分からないので、長期間の探索も考慮に入れた装備だ。

魔力の上限が減るため、収納魔法の中の荷物は攻略に必要なものだけになっている。

まあ、なんといっても一番大きいのは、イリスの食糧なのだが。

必要になりそうな量は収納魔法に入れているのだが、それだと移動中に食べられないため、自分でも持ちたがったのだ。


「それ以上増やしたら、迷宮でつっかえることになるぞ」

「……ワタシ、頑張(がんば)って収納魔法覚えます！　教えてください！」


確かに、イリスが収納魔法を覚えると、荷物の管理はとても便利になるんだよな。

何しろ魔力量の上限が人間とは比べものにならないため、収納魔法に入れたものが増えて魔力の上限が削れても、ほとんど影響がない。

イリスが魔力を使い切るような事態などまずないし、必要なら家を丸ごと……下手(へた)をすれば街一つをまとめて収納できるような可能性もある。

とはいえ……収納魔法は、空間系魔法の一種だ。

通常の攻撃系魔法と違って、使い方次第では予期しない事故を起こす可能性がある。

よほど酷いミスをしなければ、大事故にはつながらないが……イリスの場合、その『よほど酷いミス』が十分あり得るのがな……。

とりあえず、通常の魔法をまともに扱えるようにならなければ、流石に教えるわけにはいかないだろう。

少なくとも……収納魔法の暴走で、うっかり自分の腕を収納してしまわない程度には。

「今の状態で空間系魔法を使うのは危険すぎる。……せめて魔法で、普通に肉を焼ける程度のコントロールを身につけてもらわないとな……」

「が、頑張ります……」

そう会話をしつつ、俺達は迷宮の入り口をくぐった。

巨大な荷物を背負うイリスも、なんとか通り抜けられたようだ。

「じゃあ、外のことは頼んだ」

「はい。マティアス様が無事にお戻りになられるのを、お待ちしております」

そう挨拶を交わし、俺は迷宮入り口の隔壁を閉じた。

グレヴィルも戦力として連れて行く選択肢はあったのだが、それはやめておく。

迷宮に入った時には調子がよくても、中で魔法が使えなくなったりしたら、足手まといを抱えることになるからな。

そこまでして連れていくよりも、外にグレヴィルを残しておいたほうが、非常時の対応もしやすいという判断だ。

グレヴィルは前世の時代の知識を持つ、俺以外で唯一と言ってもいい人材だからな。

一応、当時から生きていた人間……というかドラゴンは1匹いるのだが、残念ながら知識面などは期待できそうにないし。

「……なんか、閉じ込められたみたいな感じだね……」

隔壁にロックがかけられたのを見て、アルマがそう呟く。

これはどちらかというと、魔族が逃げ出すのを防止するための措置なのだが……見ようによっては、俺達も閉じ込められたような感じだな。

まあ、必要な時には中から開ける方法も、ちゃんと準備してあるのだが。

「開ける方法はちゃんと用意してあるから、安心してくれ。場合によっては、壊すこともできるしな」

ちなみに、この隔壁を壊せるのは魔族も一緒だ。

元々は魔物対策用に建設されたものらしいので、まあ時間稼ぎ用といったところだろう。

とはいえ……魔族が逃げようとする時、この隔壁を壊そうとすれば、それは俺達にとって絶好の隙になるだろうが。

そんなことを考えつつ、俺たちは迷宮の階層を下っていく。

「この魔物、昔は矢の練習に使ってたよね……」

「懐かしいですね……」

イリスに蹴飛ばされるヤドカリの魔物を見ながら、アルマとルリイがそう呟く。
そういえば、昔はこのあたりでエンチャント魔法の練習をしていたな……。
あれから長い時間が経ったわけでもないのに、2人とも随分と強くなったものだ。

◇

それから数分後。
俺達は何事もなく、第5階層まで辿り着いていた。
問題は、階層の分岐がどこにあるかだが……。

「龍脈の魔力を見た限り、多分こっちだな」

そう言って俺は、元々の第6層につながる通路に向かって歩いて行く。

……そして、下の層へとつながる階段……普段から学生たちも通っている道の前で、立ち止まった。

「ああ。ここで合ってそうだな」

「え？　……ここって、普通の第6層行きの階段じゃ……」

「だからこそ、隠しやすかったのかもしれないな。他階層につながっていそうな魔力反応があっても、怪しく見えない」

俺はそう告げながら……近くの壁に向かって、剣を振った。

すると、甲高い音とともに壁が斬れ——もう一つの階段が、姿を現した。

壁の断面は、明らかに人工的な金属によってできている。

「何の金属でしょうか？　随分と柔らかいですけど……見たことのない金属です」

壁から落ちた金属を手に取って、ルリイがそう呟く。

ルリイが察した通り、これは中々珍しいものだ。

「アブシア合金だな。強度は高くないが、魔力吸収性が高い金属だ。……色々と使い道のあるものだから、帰りに拾っていこう」

この金属は精製が難しいうえに脆いので、前世の時代ではあまりメジャーではなかったが……隠蔽用の壁などに使うという意味では、非常に高性能な金属の一つだ。

壁を埋めるのにこの金属を使うあたり、やはり隠れている奴は魔法工学に詳しい奴だな。

そして、アブシア合金の壁がなくなったことで、分岐先の迷宮の魔力も感じ取りやすくなってきた。

「この魔力……なんか、あんまり迷宮っぽくないね」

「確かに、そう思います……。でも、何ででしょうか？」

階段の下から魔力を感じ取ったアルマとルリイが、そう言って首をかしげる。

二人が言うとおり、この魔力の感じは、迷宮内部ではあまり見かけないものだ。

しかし、外の世界では逆に、あまり珍しくない魔力反応かもしれない。

「迷宮っぽくないのは、魔物がいないからだ」

「……あっ！」

「言われてみれば、確かに魔物の感じがしません！」

そう。

分岐先の第6層には、魔物の気配が一切なかったのだ。

通常、迷宮を途中で封鎖したりすれば、魔力が溜まりすぎて魔物だらけになるのだが……この分岐は逆に、1匹たりとも魔物がいない。

少なくとも『受動探知』で調べられる範囲は、魔物も動物もいないとみていいだろう。

迷宮らしい魔力の淀みもなく、迷宮というよりは通常の洞窟や、鉱山に近い雰囲気だ。

「もしかして……迷宮に隠れてる魔族が、全部倒しちゃったのかな？」

「私達も、迷宮の階層の魔物を全滅させたことはあったと思いますけど……こんな魔力にはならなかったですよね？」

「確かに……。ってことは、これは普通の洞窟？」

「それにしては、地形が迷宮っぽい気が……」

二人の会話が、この分岐先の6層の特殊さをよく表している。

地形などは普通に迷宮といった感じなので、かろうじて『迷宮の分岐』だと分かるが、そうでなければ普通の洞窟だと勘違いしても仕方がなかっただろう。

恐らくこれも、今までこの分岐が隠されていることに気付かなかった理由の一つだな。

迷宮が隠されていれば、普通は魔物の動きなどによって起こる魔力の揺らぎで、簡単に『そこに何かある』ことは分かってしまう。

龍脈観測所のようなものが作られていれば、なおさらだ。

8月15日頃発売!
友達の妹が
俺にだけウザい8
ドラマCD付き特装版
著●三河ごーすと
イラスト●トマリ

この注文書に記入して、お近くの書店へお申し込みください。

書籍扱い（買切）

予約注文書

書店印

【書店様へ】お客様からの注文書を弊社、営業までご送付ください。

（FAX可：FAX番号03−5549−1211）

注文書の必着日は商品によって異なりますのでご注意ください。

お客様よりお預かりした個人情報は、予約集計のために使用し、それ以外の用途では使用いたしません。

2021年7月15日頃発売

GAノベル

魔女の旅々17
ドラマCD付き特装版

著	白石定規　イラスト　あずーる
ISBN	978-4-8156-0830-9
価格	2,970円
お客様締切	2021年5月14日(金)
弊社締切	2021年5月17日(月)
	部

2021年8月15日頃発売

GA文庫

友達の妹が俺にだけウザい8
ドラマCD付き特装版

著	三河ごーすと　イラスト　トマリ
ISBN	978-4-8156-1013-5
価格	2,640円
お客様締切	2021年6月10日(木)
弊社締切	2021年6月11日(金)
	部

住所	〒
氏名	電話番号

特装版は書籍扱いの買取商品です。

返品はお受けできませんのでご注意ください。

しかし、中に魔物がいなければ……迷宮の分岐を見つけるのは、格段に難しくなる。
魔物を生むような魔力の淀みもなければ、尚更だろう。

「これは恐らく、迷宮の魔力を龍脈に流してるんだろうな。だから中に魔力が溜まらないし、魔物も生まれないんだ」

「そ、そんなこと……できるんですか？」

「一応、理論上は可能だ。ただ……迷宮内部の状況に応じて術式を調整し続けないと、長時間の維持は無理だろうな」

「つまり、この分岐の中の魔力は、魔族に支配されてるってことですか……」

ルリイとアルマの表情に、緊張が走る。
迷宮を丸ごと支配するような相手との戦いは初めてなので、無理もないか。
今まではむしろ、ルリイが龍脈を制御して戦いを有利に運ぶようなことも多かったのだが……今回はまず、龍脈の制御を奪ったりはできなそうだ。

俺が『人食らう刃』を使って接続するのも、逆に隙を見せるような形になるので、避けるべきだろう。

これだけの技術を持った奴なら、俺が龍脈に接続したタイミングを狙って龍脈の魔力を暴走させ、俺を自滅に追い込むくらいのことはしてきてもおかしくない。

「でも……今のところ、魔力の動きみたいなのはないよね」

「そうですね。……いくら迷宮の魔力を支配してても、私達が来たのには気付いてないんでしょうか？」

「いや、気付いてるはずだ。これだけ大規模な魔力制御術式を展開していて、入り口のアブシア合金が壊されたのに気付いていないわけがない。……気付いた上で、動いてないんだ」

これはどういうことか、判断に迷うところだな。

理由はいくつか考えられるが、それにしても全く動きがないというのは、意外なパターンだ。

「もしかして、ボク達と戦う気がないとか？　人間と魔族の中間とかなら、仲間かもしれないし……」

「もしそうだとしたら、通信魔法か何かで連絡を取ってくる可能性が高い。少なくとも、完全に友好的だとは思わないほうがよさそうだな」

「となると……油断させる作戦？」

「その可能性はあるが……油断が期待できないことくらいは、相手も分かってそうな気がする」

待ち伏せの不意打ちなら、確かに何の行動も起こさずに待つというのは選択肢の一つだ。

そのほうが警戒されにくいし、『もしかしたら、中に誰もいないかも？』などと思いながら探索していたら、隙は大きくなりがちだからな。

『詠唱魔法の核』ほどの魔道具を作れる技術があるのなら、それを使って迎撃の準備をしたくなるところだが……そういった大規模魔道具を起動するのは、非常に目立つ。

あえて魔法的に目立つ行動を何も起こさないことで、相手を油断させるという戦略はあるだろう。

とはいえ、そんな作戦が通用するのは、相手が経験の浅い者の場合だ。

魔法戦闘に慣れた者は、その程度のことで油断などしない。


そして、この分岐を見つける可能性があるのは、それなりの技術を持った者に限られる。

全くの初心者が送り込まれるというケースは、考えにくいだろう。

ここに隠れている者の技術レベルなら、隠れての待ち伏せが無意味だということくらいは理解できるだろうし、待ち伏せの線も考えにくいな。


「うーん……寝ぼけてるとか！」


イリスの発言に、ルリイとアルマが『流石にそれは……』といった感じの目を向ける。

だが……実はこの発言、意外と正解に近いかもしれない。


「その可能性はあるな。なにしろ、ここに隠れている奴は24時間ずっと、迷宮内部の制御をしてなきゃいけないんだ。意識が普通の状態じゃなくても、不思議とはいえない」

「えっと、魔族って眠るんでしょうか？」

「人間に比べれば睡眠時間は短いはずだが、一応は眠るはずだ。……まあ、寝ぼけてるというより、他の理由で意識がおかしいとかのほうが可能性は高そうだが」

そもそも魔族は、本能的に人間を嫌う生き物だ。

そんな魔族と人間の性質を併せ持った奴がいたとしたら……そいつの中の『魔族』の部分が、自分に含まれる『人間』の部分を攻撃するといった話も考えられる。

まあ、詳しいところは本人を見てみなければ分からないが、普通の精神状態ではない可能性は、決して低くないだろう。

「うーん……なんか難しいです！　とりあえず、倒してから考えましょう！」

そう言ってイリスが、迷宮の奥に向かって歩き始めた。

中にいるのは、必ずしも敵とは限らないのだが……まあ、とりあえず先に進むというのは正解だな。

敵の状況を探るには情報が不足しすぎているし、まずは実物に会ってから考えればいいだろう。

そんなことを考えつつ、俺は分岐先の迷宮を進んでいった。

「……この階層まで来ても、魔物は1匹もいないんだね……」

「こんな迷宮が、いっぱいあったらいいんですけどね……。安全な場所で深い階層の鉱石が採れるなんて、夢みたいです！」

迷宮に潜り始めてから数時間後。

俺達は何もいない迷宮を順調に下り、65階層まで来ていた。

魔族や魔物の姿は、まだ見つかっていない。

「1匹くらい、いてもいいのに……」

持ってきた食糧を食い尽くしたイリスが、不満げにそう呟く。

どうやら途中で倒した魔物を食糧にしようと思っていたようだが、その目論見は失敗したようだ。

「1匹も魔物が出ないとは、大した魔力調整だな」

「魔族にできるなら、マティ君にもできそうな気がするけど……」

「俺の紋章じゃ無理だな。グレヴィルなら近いことはできるかもしれないが、ここまで1匹残らず排除する技術はないはずだ。……普通に採掘用の魔法を使ったほうが、よっぽど簡単だな」

そんなことを話しながら……俺は66層につながる階段の前に辿り着いて、そこで立ち止まった。

随分と長く進んできたが、ここが目的地のようだ。

「……魔族がいるのは、この下の階層だな」

「魔族の魔力なんて、全然感じないけど……マティ君には分かるの？」

「いや、分からない。だが龍脈への干渉の様子からして、魔族がいるのはこの下だ。……慎重

に行くぞ」

そう言って俺は剣を構え、階段を下りた。
その後に、ルリイ達3人が続く。
問題は、この階層のどこに敵がいるかだが……。

「少し……早すぎるな」

階段を下り終わったところで、その声は聞こえた。
通信魔法ではなく、生身の声だ。

その声とともに、目の前の壁がボロボロと崩れ始める。
壁が崩れ終わった後……そこには鎖(くさり)に縛り付けられた、魔族の姿があった。
いや、ただ単に『魔族』と呼ぶには、その姿は人間らしすぎた。
生物としての分類で言えば、間違いなくこれは魔族だ。

背中や角は、明らかに魔族だと判別できるようなものが生えている。

だが……顔つきや表情は、むしろ人間そのものと言っていい。

呼び名をつけるとしたら、『半魔族』とでも言ったところか。

体は魔道具の鎖によって厳重に拘束されていて、簡単に行動を起こせるような状態には見えない。

かといって、殺そうと思えば簡単に殺せるかというと……むしろ難しい。

半魔族の体は確かに、アダマンタイト合金でできた鎖によって迷宮の床に拘束されている。

迷宮の床は階層の壁と比べてはるかに頑丈な上、階層が深くなるほどにその強度は上がっていく。

いくら魔族とはいっても、この拘束を解くのは簡単ではないだろう。

その上、半魔族の体を拘束している鎖は、拘束された者の魔法的能力を封じる力も秘めているようだ。

始めて見る鎖ではあるが、中に刻まれている魔法陣や半魔族の魔力を見ただけで、この鎖が高い魔法的束縛力を持っていることは分かる。

この半魔族は物理的にも魔法的にも、極めて強固な束縛を受けている。

通常の魔族が相手であれば、もはや負けるほうが難しい状況だ。

だが……目の前にいる半魔族は、普通ではなかった。


この半魔族は今の状態になってなお、龍脈を介して迷宮の魔力を丸ごと制御し、魔物の出現を止め続ける力を持っている。

龍脈の調整自体は、そこまで膨大な魔力を必要とするわけではない。

むしろ拘束の影響によって、この半魔族の魔法出力は一般人レベルまで落ちていると見ていいだろう。


しかし、その魔法制御力が圧倒的なのは明らかだ。

恐らく前世の俺には及ばないが、今の世界では最高峰と言っていいだけの魔法制御力がなければ、これだけの拘束を受けた状態であの隠蔽を維持などできない。


魔法制御力は、龍脈と組み合わせることによって、魔法出力を補う武器となる。

これだけの魔法制御力があれば、俺達を簡単に殺せるだけの魔力など、龍脈から簡単に取り出せる。

そんな魔法制御力の源が……あの鎖だ。

半魔族を拘束している鎖は、魔法出力と引き換えに、魔法制御力を大幅に向上させる術式が刻まれている。

問題は、誰(だれ)が何の目的でこんな効果のついた鎖を拘束に使ったかだが……これは恐らく、自分で作ったな。

こいつは、自分で自分を縛ったのだ。

「引き返せ……今は、まだ早い」

俺が半魔族の様子を窺(うかが)っていると、半魔族がそう呟いた。

まだ早い、とはどういう意味だろうか。

いや、その前に聞くことがある。

「お前は人間か？　それとも魔族か？」

俺が問いかけると、半魔族を拘束している鎖がガチャガチャと音を立てた。

半魔族は手足に力を込め、拘束を破壊しようとしている。

この動きだけ見れば、明らかに俺達を攻撃しようとしているが……先ほどの声は、あまり敵対的には聞こえなかった。


やはり【理外の術】が、精神面に影響を及ぼしているのだろうか。

そう考えつつ答えを待つ俺に、半魔族が口を開いた。


「魔族……だ。俺は、お前達の敵……しかし、今の人間に敵う相手ではない……引き返せ……」


そう言いながらも半魔族は、鎖をガチャガチャと揺らす。

なんというか、言っていることとやっていることが、違うような気がするな。

俺達に引き返してほしいのなら、もう少し大人しくしていてもよさそうなものだが。


というか……。

「もしかして、体を制御できていないのか？」

俺がそう尋ねると、半魔族の顔に驚きの表情が浮かんだ。
どうやら、そう外（はず）れてもいないようだな。

魔力を観察していて分かったが、こいつの体の中には魔族の性質が濃い部分と、薄い部分がある。
頭などは魔族の性質が薄く、手足――いま拘束を解こうと動いている部分は、魔族の性質が濃い。

「そう……だ。だから、逃げろ……」

この分析と、いま半魔族が言っていることを考えると……状況は想像がつく。
恐らく、魔族の性質が濃い部分は俺達を攻撃しようとしていて、脳の部分は人間に近いため、俺達を遠ざけようとしているのだ。
下手（へた）に近付けば、魔族の部分が俺達を殺すと思っているから、『引き返せ』と言っているのだろう。

「悪いが、そういうわけにはいかないな。お前が作った魔道具、見せてもらったが……中々のものだった。このまま放っておくには危険すぎる。今はまだ、人間の思考が残っているみたいだが……その様子を見る限り、段々と魔族側に傾いているんじゃないか？」

俺は半魔族（本当にそう呼んでいいのかは微妙なところだが、他に呼びようもない）の戦力と同時に、その体に含まれる【理外の術】や、こいつが人間と魔族の性質を合わせ持つ理由を分析していた。

その結果として分かったのは、この魔族に含まれる【理外の術】は、人間と魔族を融合するもの『ではない』ということだ。

こいつの体の『人間の部分』には、過去に人間として生きていた痕跡が確かにある。

魔族の体と融合していることを除けば、普通の人間と言っていい。

だが、『魔族の部分』は……人間の部分とのつながりが、あまりに綺麗すぎるのだ。

人間と魔族が別種の生物である以上、そのままパーツを組み合わせたところで、人間と魔族の中間的な生物ができるわけではない。

それでも一つの生物として成立させようとすれば、人間と魔族のどちらかの体が、もう片方に合わせるように変化しなければならないだろう。

そして、無理矢理にその変化を実現したとしても……こんなに綺麗に、一つの生物として成立するわけがない。

そもそも人間同士だって、他人の体を移植すれば、どこかにつなぎ目のような痕跡は残るものなのだ。

それなのに半魔族の体には、つなぎ目らしきものさえ見当たらない。

こう考えていくと、得られる結論は一つだ。

「お前、元々は人間だろ」

そう。

この半魔族は元々は人間で、【理外の術】によって魔族へと変えられる途中なのだ。

そう考えると、魔族の部分があまりに綺麗に人間の部分と適応しているのにも説明がつく。

元々は一つの体なら、つなぎ目などあるわけもないからな。

「……その、通りだ。ここを突き止めるだけはあって、聡明なようだな……」


やはりか。

となれば……この半魔族が自分で自分を拘束した理由も、説明がつくな。

段々と完全な魔族に変わっていく運命を悟り、人類に対して牙を剥く前に、自らを封印した……といったところだろう。

どうやら今は半分魔族のような姿をしているが、元々は善良な人間だったようだ。


かといって、このまま放っておくわけにはいかないのだが。

いや、むしろ半魔族が魔族へと変わっていくのであれば尚更、まだ人間の意識が残っている間に『対処』すべきだろう。


この半魔族の持つ力は、『あの』ザドキルギアスさえ超えている。

これは恐らく、【理外の術】と……半魔族自身の体に施された、改造術式の影響だろうな。

半魔族の体には、【理外の術】による影響とは関係のなさそうな、人為的な改造の痕跡がある。

大昔のものなので、すでに痕跡は消えかかっているが……それでも分かるのは、改造術式に見覚えがあるからだ。

一部に改変が加えられているが、この改造術式は間違いなく、前世の俺が本に書いたものだ。

改良を進める前のもののため、完成度はあまり高くない術式だが……それでも生身の人間に比べたら、はるかに強い力を得られる。

魔族に変わる前から、人間をはるかに超える力を持っていたとしたら……魔族に変わった結果、凄まじい力を得るのも納得がいく。

使いこなせれば応用の利きそうな技術だが、敵に回すと迷惑なものだ。

その上、あの魔道具を作れるだけの能力を持った人間が魔族に変わったとなれば、その脅威は計り知れない。

頭だけでも魔族に抵抗してくれている状態と、完全に魔族に変わってしまった状態では、前者のほうが対処しやすいはずだ。

こいつの完全体は、余裕があれば戦ってみたい相手ではあるが……残念ながら、そんなことを言っていられるほど余裕のある状況でもないからな。

「そのくらいは見れば分かる。放っておけば、お前は完全に魔族になるだろうな」

「……その通りだ。遠からず、私は……完全に魔族に変わる。だが……私は縛られたまま弱り、力を失っていく。そうなるように、鎖を設計した……。余計なことをしなければ、危険はない……」

ふむ。

確かに魔族を縛る鎖には、徐々(じょじょ)に力を失わせるような術式が組み込まれているな。

こんなものを使ってゆっくりとした自殺を選ぶくらいなら、なぜ手っ取り早く剣や魔法で自殺しないのかは気になるところだが……恐らく、魔族の部分がそれを許さないのだろう。

魔族としての本能に抗(あらが)いながら、ゆっくりと自分を無力化するために作ったのが、この鎖だというわけだ。

この鎖の『自分から解除はできないが、人間が近付けば危険』という『ちょうどいい性能』も、魔族としての部分が束縛を受け入れるギリギリのラインを突いたものだろうな。

「今まで姿を隠していたのは、人間が近付くと危険だからか？」

「ああ……。もし鎖が、壊されるようなことがあれば……人類は、終わりだ。それだけは……許すわけにはいかない」

中々よく考えたみたいだな。

確かにこのまま拘束が壊されず、人知れず死んでいくことになれば、半魔族が人類に危害を加えることはない。

そうなるように、この半魔族は見つかりにくい迷宮の奥に隠れたのだろう。

こういった経緯からすると、半魔族がここに隠れたのは、王都ができるよりもずっと前だろうな。

昔はこのエイスラート中迷宮も、人里離れた迷宮か何かだったはずだ。

まさか真上に人間の王都やら第二学園やらができるとは半魔族も思っていなかっただろうが、半魔族が作り上げた隠蔽工作は、この迷宮分岐を今まで隠しきったというわけだ。

だが、この半魔族のプランには、問題が一つある。

極めて単純にして、致命的な問題が。

「その鎖、お前が死ぬまでもたないぞ」

「な……に？」

驚きの声とともに、半魔族の魔力が、自分の体を探るように動き始める。

そして鎖を調べ終わった後……半魔族が、呆然と呟く。

「本当だ……。一体、なぜ……」

「この鎖、何年もつように作ったつもりだ？」

「1万年……だ。私の命が尽きるより、確実に長い……」

ふむ。

鎖を見る限り、もう壊れかけのように見える。

使われている技術を見る限り、1万年も前のものには見えないが。

そもそも1万年前だと俺すら生まれていないので、『詠唱魔法の核』に使われた技術が書かれた本もない。

となると、鎖の寿命の想定を誤ったな。

「魔法回路は確かに1万年持ちそうだが、魔法を刻む金属自体の寿命は考慮したのか？」

「魔法金属に、寿命などないはず……」

ふむ。

やはりこの半魔族は、俺が転生したより少し前の時代で知識が止まっているようだな。

まあ、こんな知識を持っていても、使う機会はほとんどない。

俺自身、使ったのはたった数回と言っていいくらいだ。

だが……必要な時に知らないと、致命的な結果を生むのが、知識というものでもある。

「高位の魔法金属は劣化しないわけじゃない、金属が周囲の魔力を取り込んで再生するから、劣化しないように見えているだけだ。魔力の薄い環境では、魔法強化された金属も劣化する」

「……そう、だったのか……？」

「ああ。この迷宮の様子を見る限り、龍脈を経由して迷宮の魔力を逃がしていたみたいだが……迷宮の魔力を吸い上げる時に、周囲の魔力が薄くなったんだな」

「では……魔力を濃くすれば……」

「もう手遅れだ」

半魔族を縛る鎖にはすでに、微少な罅（ひび）が入り始めている。
こうなる前なら、魔力濃度を戻せば魔法金属の修復が追いつくのだが……目に見えないサイズとはいっても、罅が入った後ではどうしようもない。
高位魔法金属が持つ力はあくまで強度の回復であって、壊れた部分の修復ではないのだから。

かといって、拘束のやり直しも不可能だ。

このクラスの魔族を殺さずに拘束できるような魔道具は、今の世界では作れない。


「悪いが、ここで処理させてもらうしかない」

「処理……私を殺すつもりか？」

「ああ。そうなる可能性も高いな」

俺の言葉を聞いて、半魔族は暗い顔をした。

だが、その口から出てきたのは……自分の死を悲しむ言葉ではなかった。

「私を殺せるなら一番いい。だが無理だ。お前達に私は殺せない。……これだけの拘束を受けてなお、私は魔族としての本能だけでお前達を殺す力を持っている」


なるほど。

随分と甘く見られたものだな。

確かに不用意に近付けば、俺はあっさり殺されるはずだ。
力の量でいえば、まだ20年も生きていない俺では歯が立たないと言っていい。
だが、思考の伴わない……ただ本能で暴(あば)れ回るだけの相手に負けるようでは、魔法戦闘師とは呼べないだろう。

「戦闘準備だ。作戦はパターン2でいく」

「はい！」

「分かった！」

「了解です！」

俺の言葉にルリイ達3人が頷(うなず)き、戦闘配置につく。
今回に関しては、普段とは違って戦闘前に準備期間があったので、敵の状態によっていくつかの戦い方を事前に用意していたのだ。

使うのは、その中では2つめのパターン……相手は強い力を持っているものの、知能に乏しいケースの作戦だ。

ルリイとアルマは敵に対して大きく距離を取って、巻き込みなどを避ける態勢だ。

敵に攻撃が届くまでの時間が少し長くなるが、相手が本能だけで暴れ回るのであれば、その程度のことはあまり問題にならない。

半魔族自身の知能は決して低くないようだが、その半魔族が俺達を殺そうとするのは、体の中の『魔族の部分』の本能でしかない。

物事を考える脳に逆らって動く以上、俺達を攻撃する動きは、知能の低い魔物のようなものになるだろう。

相手の力を考えると、それでも十分な脅威ではあるのだが。

「やめろ！　俺は人を……お前達を殺したくない！」

「安心しろ。一人も殺せないからな」

そう言って俺は、敵を縛る鎖を破壊した。

それと同時に敵の体から、膨大な量の魔力が立ち上がり――龍脈との接続が切断される。

「なぜ……なぜ壊した！　拘束したままなら、万に一つくらいは勝機があった！　だが私が完全に解き放たれれば、お前達では歯が立たな――」

拘束を破壊され、半魔族が狼狽する。

あの鎖による拘束は、半魔族を倒すためには邪魔でしかないというのに。

「魔法自体に関しては、それなりに勉強しているみたいだが……戦闘に関しては、まだまだみたいだな」

鎖の破壊によって敵は、本来の力を取り戻した。

それと引き換えに失ったのは、今まで鎖の魔道具によって強化されていた魔法制御力だ。

この2つを比べれば、魔法制御力のほうがずっと厄介だと言っていい。

「やめろ……動くな！」


そんな言葉とともに、敵が俺達に向かって踏み込んだ。

俺達は敵との間にそれなりの距離を取っていたが……ザドキルギアスを超える力を持つ魔族の踏み込みの前では、そんなものは無に等しい。

本能的な動きだからこそ、凄まじい速度が出るのだ。


そんな敵の動きに、イリスが反応した。

空を高速で飛ぶドラゴンは元々、極めて高い動体視力を持っている。

イリスの場合、人間の姿での動きが課題だったが……今までの訓練で、このような動きにもついていけるだけの力がついたのだ。


「行きます！」


イリスはそう言って槍を構え、半魔族へと突っ込んでいく。

それに対して半魔族は、ただ無造作に腕を振った。

イリスの槍と半魔族の腕が、鈍い音とともにぶつかり合う。

そして、力比べに勝ったのは――半魔族だった。

「えっ……⁉」

驚きの声とともに、イリスが吹き飛ばされる。
あっさり槍ごと弾かれたイリスは、迷宮の壁に激突した。
イリスが激突した壁が、轟音と共に砕け散る。

「……だから……言っただろう！　今からでも逃げろ！　これ以上、俺に殺させるな！」

敵がそう叫ぶが……何か勘違いをしているようだな。
『これ以上』殺させるなとは、まるでもう1人は殺したみたいな言い方じゃないか。

「いたた……」

そんな声とともに、イリスが迷宮の壁から顔を出した。

イリス自身は、ほとんど無傷に近い。

迷宮の壁はイリスの体に比べれば柔らかいので、クッションのような役目を果たしたのだ。

とはいえ……一撃で吹き飛ばされるとなると、イリスを前衛として使う作戦は使えそうにないな。

俺達の中では最も強い腕力を持つイリスでさえこれだ。

単純な力でこれを受け止めるのは、まず無謀と言ってよさそうだ。

だが……この魔族、やはり弱いな。

「前衛は俺が引き受ける！　イリスは万が一に備えて、ルリイ達の守りに専念してくれ！」

「りょ……了解です！」

そう言ってイリスが、後ろへと下がった。
同時に半魔族の狙いが、俺に切り替わったのを感じる。
魔族の体は本能で動いているだけあって、一番近くの敵を狙うようだな。

「よ、避けろ！」

「避けられる速度じゃないんだが……」

半魔族の『人間の部分』のアドバイスを聞き流しながら——俺は手に持った剣を、収納魔法にしまい込む。
そんな俺に、魔族は真っ直ぐ突っ込んできた。

「な、何をやっている！　死にたいのか――」

敵にアドバイスをされるというのも、なかなか新鮮な体験だな。
まあ、そのアドバイスは、ことごとく的外れなのだが。

確かに敵の力は強い。そして速い。
先ほどのイリスのように正面からぶつかり合って勝てる者など、今の世界全体でも見つかるか怪しいくらいだ。

だが……ただ力が強いだけの、ちゃんと制御されていない力など、龍脈の魔力と変わらない。
龍脈の魔力と魔法戦闘師の魔力なら、たとえその出力に１０００倍の差があろうとも、魔法戦闘師の魔力のほうが脅威になるだろう。

強い力は、ちゃんと制御されていてこそ脅威なのだ。

そうでない力など、怖くないどころか……うまく制御を奪ってやれば、逆に利用することすら可能だ。

例えば、このように。


「よっと」


俺は敵が突き出した腕を摑み、力の方向を少しずらす。

すると敵の体が地面から浮き上がり——轟音とともに、地面に叩き付けられる。

俺が腕に込めた力は、普段の剣術に使う力より小さいくらいだ。魔力すら使っていない。

にもかかわらず、敵の体は龍脈の硬い床を砕き、地面へとめり込んだ。


「なっ……！」


俺の一撃を受けて、半魔族が驚きに硬直する。

だが、半魔族の体——『魔族の部分』は、動きを止めなかった。

そもそも頭脳がないため、驚きという感情も持っていないのだろう。

敵の爪(つめ)が素早く動き、俺の心臓を貫こうとする。

俺がその腕に横から力を加えると……その腕は向きを変えて、敵の逆の腕に突き刺さった。

またしても自滅だ。


俺が先ほど剣を収納したのは、別に手加減というわけではない。

これだけの力を持った魔族を相手に、剣の攻撃力など無意味に等しい。

自分の魔力で攻撃するよりも、敵自身の力をそのままぶつけたほうが、ずっと効果がある。

そういった柔軟な動きには、剣よりも素手(すで)のほうが向いているというわけだ。


「何が……一体何が起きている⁉」

「だから言っただろう。一人も殺せないと」


ルリイ達3人は後方で待機したまま、何の手も出していない。

この程度の相手を殺すのに、仲間の手助けなど必要ない。

これなら、まともな思考を持った魔族のほうが、ずっと厄介なくらいだな。

「やっぱり、殺さなきゃ止まらないか」

人間なら致命傷レベルの傷を受けながらも、半魔族の体は全く止まる様子を見せない。

ただ闇雲に、俺の心臓を狙って鋭い爪を繰り出してくる。

俺が力の方向をずらすと、その爪はまたも魔族に突き刺さった。

敵がこのまま、似たような攻撃を繰り出し続ければ……俺はそれを敵に返すだけで、簡単に勝てることだろう。

だが……半魔族の攻撃は、体によるものだけではなかった。

「まずい！　大魔法だ！　発動する前に……早く俺を殺せ！」

半魔族の頭が、そう叫んだ。

同時に魔族の体内で魔力が練り上げられ、攻撃魔法が形成される。

人間の場合、頭脳の協力がなければ魔法は構築できない。

だが、魔族の場合は違う。

魔族には人間が使う『魔法』とは別に、頭を使わずとも構築できる魔法がある。

――『魔束砲』。

ドラゴンが使う『竜の息吹』と同じく、魔力回路自体に刻み込まれた、種族由来の術式だ。

極めて洗練された、無駄のない……純粋に、破壊だけに特化した攻撃術式。

その威力は『竜の息吹』すら凌駕する。

もし、王都に来た敵の魔族のうち1人でも『魔束砲』を使ってきていたら……王都はすでに、更地になっていただろう。


「……この術式を使えるのか」


極めて強力な魔法にもかかわらず、今までに戦ってきた魔族は、この魔法を使ってはこなかった。

それは、使えなかったからだ。

必要な魔力回路自体は全員に備わっている。

だが、この魔法は……魔族全員が使える術式ではない。

それは『魔束砲』が必要とする膨大な量の魔力供給を、今の世界にいる魔族では支えきれないという理由によるものだ。

俺達の時代でも強力な部類に入る魔族だけが、この『魔束砲』を使うことができた。

……とは言っても、この『魔束砲』は発動に時間がかかる上に、これを使えるレベルの魔族たちは他に便利で強力な魔法をいくつも持っていたため、この『魔束砲』を使うことはあまり多くなかったのだが。


「マティ君、あの魔族……何かヤバそうだよ！」

「あんな魔力、見たことありません！」


魔力の動きを見て、アルマとルリイがそう声を上げた。

確かに、この規模の魔力の動きなど、そうそう見る機会はないからな。

単体の術式規模としては、王都大結界より大きいくらいだ。

「なんか……ゾワっとします……」

魔力回路が壊れているせいで魔力感知能力の低いイリスですら、感じ取れるレベルの魔力。
それが魔族の体で、特殊な魔力回路によって練り上げられていく。

「ぐ、ぐううぅぅ……！」

体内に魔力が収束されるにつれて、魔族が苦しげな声を上げ始めた。
今の世界にいる魔族では最強と言っていい力を持つ半魔族にとっても、『魔束砲』の負担は大きすぎたのだ。
その顔からは血の気が引き、体の動きが鈍くなり始める。

「流石に、必須魔力まで食ってギリギリってとこか」

『不壊の鎧』の話でも触れたが、生物の魔力は、役割によって2種類に分けられる。

一つは自由魔力——使い道の定まっていない、文字通り自由に動かせる魔力だ。魔法などの発動では基本的に、こちらが使われる。
もう一つは必須魔力——体の機能を維持するために最低限必要な魔力だ。

必須魔力の欠乏（けつぼう）は、深刻な症状をもたらす。

体の麻痺（まひ）や痛みから、気絶や心肺停止による死まで——魔力の欠乏度合いと部位によって症状は異なるものの、決して軽視できる症状ではない。

にもかかわらず、俺達が魔力欠乏による症状を見る機会は少ない。

それは生物の体が、そもそも魔力欠乏を起こせるようにできていないからだ。


だが、物事には例外というものがある。

例えば、十分な訓練を積んだ魔法戦闘師の場合……普通なら使えない必須魔力すら、やろうと思えば術式の構築に使うことができる。

もちろん、絞り出せる魔力の割にデメリットが重すぎるため、普通は使わないのだが。


そしてもう一つの例外が……『竜の息吹』や『魔束砲』のような、魔力回路自体に組み込まれた魔法だ。

こういった魔力回路は元々、必要に応じて全身から魔力をかき集める力を備えている。

そんな仕組みがある理由は恐らく、使うべき場面で『竜の息吹』や『魔束砲』を使えないより、魔力欠乏のほうがまだマシだからだろう。

死なない程度の魔力欠乏なら、敵に殺されるよりはずっといいからな。

まあ、逆に言えばその一撃さえしのがれてしまえば、もう為す術もない状況に追い込まれるため、こういった魔法の起動には慎重な判断が必要になるのだが。


しかし……恐らく今の半魔族の場合、この魔法の起動も本能によるものだ。

こんなタイミングで『魔束砲』を使うなど、自殺行為でしかないのだが……魔族の本能は、そんなところまで判断してくれないのだろうな。

などと考えつつ俺は、敵の『魔束砲』に対応するための術式を組み始める。


俺が予想すらしていなかったことが起きたのは、その時だった。

半魔族の体に、異変が起きたのだ。

それも、必須魔力の欠乏による症状とは、全く別の異変が。

「……魔族への変化が、急激に速まった……？」

半魔族の体は、人間から魔族へと変化する途中だった。

俺達が来てからも、その体は少しずつ魔族に変わっていく途中だったのだろう。

だが、それは何百年という時間をかけてやっと今の状態になった程度の変化であって、到底目に見えるようなペースの変化ではなかったはずだ。

実際……少し前まで、半魔族の体の変化は俺も気付かない程度でしかなかった。


だが今は違う。

半魔族の頭に生えた角（つの）が見る間に伸び、魔力の質から人間らしさが薄れ、魔族らしい魔力へと変わっていく。

このまま数十秒も放（ほう）っておけば、完全な魔族になる……そんな勢いだ。


「ぐ……ぐあ……ぁ……！」

半魔族は苦悶（くもん）の叫びを上げながら、段々と魔族へと変わっていく。

こんな現象が起きる理由は、魔法理論では説明がつかない。

もしかしたら、俺が知らない範囲の魔法的現象という可能性もあるが……そもそも人間が魔族に変わるなどという現象自体が、魔法理論の外にあるのだ。

そして魔族自身の体からも、明らかに魔法ではあり得ないような魔力の歪みが見て取れた。

どこからどう見ても、【理外の術】による歪みだ。

となると、考える理由は……。


「必須魔力の欠乏で、【理外の術】への抵抗力が落ちた……？」


【理外の術】の影響をちゃんと説明する魔法理論など存在しないため、この推測が合っているかは分からない。

しかし今の状況からは、それ以外に考えられない。

俺が状況について考えている間にも、半魔族の変化と『魔束砲』の構築は、刻一刻と進んで行く。

いずれにしろ、俺が今やるべきことは変わらない。

「やっぱり綺麗(きれい)な術式だな、『魔束砲』は」

そう呟(つぶや)きつつ、俺は先ほどから構築していた魔法を起動した。

極めて低出力な、オリジナル魔法を。

『魔束砲』は『竜の息吹』とよく似ている。
魔力回路に刻まれた術式を用いて、極めて大規模かつ強力な魔法を発動させるという点でも、
一切(いっさい)の無駄なく威力を追求した術式という点でも、『魔束砲』と『竜の息吹』は同じだ。
そして……妨害が簡単だという点においても、『魔束砲』は『竜の息吹』と同じだった。

俺が起動した小さな術式は、魔族の体に吸い込まれていった。

その術式は効率的に無駄なく組まれた術式を、わずかに揺らす。


あまりに無駄のなさすぎる魔法というものは、ちょっとした術式の乱れに弱いものだ。

とはいえ『竜の息吹』に比べれば、『魔束砲』は妨害に強い構造になっている。

それは魔力回路に刻まれた術式を元に体外で魔法が展開される『竜の息吹』とは違い、『魔

束砲』は完全に魔族の体内だけで構築されるからだ。

この術式の場合、魔族の体自体が一種の防御機構となる。

魔族の体……それも『魔束砲』を発動できるレベルの魔族ともなれば、その体自体が下手な防壁よりも高い魔法耐性を持っている。

外からの中途半端な威力の魔法など通らないことは、普通に戦っているだけでも分かるだろう。

だが……その防御機構が突破された場合、『魔束砲』の術式は極めてもろい。

そして、防御機構を突破できる方法は、確かに存在する。

魔族の体は、基本的に魔法的な攻撃に対して強い。

だが、それはあくまで攻撃に対しての耐性という話であって、受け止めるときには多少の余波が体内に伝わることになる。

通常であれば、魔法構築には全く影響のないレベルの余波だが……効率的すぎて柔軟性に欠ける魔法の、さらに弱点をピンポイントで余波が襲ったとなると、話は変わってくる。

それを可能にするのが、俺の専用魔法だ。

実戦で使うのは初めてなので、名前などはついていないが。

「……は？」

半魔族の体内で構築されていた術式は、俺の魔法が触れると同時に消滅した。
あまりのあっけなさに、今まで苦しんでいた魔族も、呆けたような声を上げる。
だが、それも一瞬のことだった。

「ぐああああああぁぁぁぁぁ！」

半魔族が、今までとは比較にならないほどの絶叫を上げた。
これは【理外の術】によるものでも、俺の攻撃によるものでもない。
『魔束砲』のために練り上げられ、攻撃性を帯びた魔力が、半魔族の魔力回路を内側から破壊したのだ。

ドラゴンが使う『竜の息吹』と違って、『魔束砲』は完全に体内で構築される。
だからこそ、術式が破壊されたときの魔力は体外に逃げず、魔族の体の中を暴れ回ることになる。

いくら頑丈（がんじょう）な魔族の魔力回路といえども、自らが持つ最大出力の魔法が暴走した場合に耐えられるようにはできていない。

まして今は必須魔力の欠乏によって、体自体も弱っている状態だ。

半魔族の魔力回路は一種にして崩壊し、魔法は使用不可能になった。

それと同時に……敵の体の変化は、少なくとも目に見えるような速度ではなくなった。

術式の崩壊とともに必須魔力の欠乏が解除され、【理外の術】への抵抗力が元に戻ったのだろう。

半魔族は以前より魔族らしくなり、『半魔族』というよりは『7割魔族』という感じになった状態だ。

どうやら必須魔力の欠乏が解除されても、その間に起こった変化までは元に戻らないようだ。

「これで、終わりだな」

先ほどまでの戦闘で、魔族の両腕はボロボロだ。

その上、魔力回路も崩壊……脚などはまだ無事ではあるが、もはや戦闘ができる状態とは言えない。

魔族の怪力は一種の身体強化による影響も大きいため、魔力回路が崩壊した今では、単純な腕力でさえ俺に勝てないだろう。


「見事……だ……。最早、抵抗する力は……ない。とどめを、頼む……」


半魔族は敗北を悟ると、満足げに笑みを浮かべて目を閉じた。

いや、彼が自分自身を鎖によって縛った理由を考えると、むしろここで俺に殺されるのは敗北というより、人間としての彼にとっての勝利なのかもしれない。

完全に魔族に変わる前に、人間を殺すことなく死ぬことは、彼が迷宮に隠れ続けることを選んだ理由そのものなのだから。


そう考えると、安らかに死なせてやるのが、ある意味では慈悲なのかもしれない。

とはいえ……残念ながら、そうもいかないんだよな。

発言を聞く限り、どうやらまだ人間としての意志は残っているようだし。

「悪いが、まだ死なせてやるわけにはいかない。色々と聞きたいことがあるんだ」

「何を、聞きたい……？」

「詠唱魔法の核についてだ。あの魔道具、どうして作った？」

俺がそう問うと、半魔族は何か言うように口をパクパクさせた。

だが、声は出ない。

唇を読もうと試みるが、どうやら口の動きも制御しきれていないらしく、何かを読み取ることはできなかった。

半魔族はそのまま何度か口を開こうとしたが……やがて諦めたような表情になり、口を開いた。

今度は先ほどと違って、普通に声が聞こえた。

「すまない……話せない、みたいだ……。魔族の、本能が……許さない」

なるほど。

これだけ痛めつけられ、死を待つばかりという状態になっても、人間に情報を話すのを許さないのか。

魔族の本能というのは、厄介なものだな。

その口が、人間に協力することを拒否しているのだろう。

脳や頭部はまだ人間に近いものの、口などはすでにほとんど魔族だからな。

先ほどの必須魔力欠乏によって、魔族の部分が大きくなった影響もあるのかもしれない。

それに、勝ち目がない状況だからこそ、魔族の本能が情報を話すことを許さないのかもしれない。

少しでも勝ち目がある状況なら、会話によって油断を誘った上で、奇襲を仕掛けるような選択肢も出てくるしな。

いずれにしろ、このままでは欲しい情報が得られない。

【理外の術】に関しても、人間を魔族に変えるようなものではそのまま使うことはできないので、研究のために情報が欲しいところだ。

となると……あの方法しかないな。

「悪いが、実験体になってもらえないか？」

「実験体……？」

「ああ。人体実験だ。運がよければ命は助かる。……安全の保障は、一切できないけどな」

半魔族の体内にある【理外の術】は、魔法理論で説明のつかない力だ。

効果や扱い方を推測することはできるが……実際どうなるかは、実験以外で確かめようがない。

そしてサンプルが他にない以上……ぶっつけ本番の人体実験でいくしかないというわけだ。

俺の言葉を聞いて、半魔族は少し考え込んだ。

そして、何か言いたげに口をパクパクとさせる。

その口から、言葉は出なかった。

半魔族はまた少し考え込み、また口を開く。

「それを受ければ……人間に危害を加えることができる……のか？」


なるほど。

恐らく先ほど、半魔族は『人間に危害を加える心配はないか？』と聞きたかったのだろう。

だが、それだと魔族の本能が許さないから、こういう聞き方になったというわけだ。


「安心してくれ。それは絶対にないと言える」


俺の言葉を聞いて、半魔族はまた口をパクパクさせた。

魔族の声は聞こえない。


だが、分かりやすい答えだ。

もし拒絶の言葉なら、魔族の本能はそれを口にすることを許しただろう。

実験台になることを承諾する……人間の実験に協力するという答えを選んだからこそ、半魔族はそれを口に出せなかったのだ。

「最終確認だ。ダメなら何か反応してくれ」

魔族は動かない。

これで、承諾は得られた。

「分かった。じゃあ無事に目覚められることを祈って、眠っておいてくれ」

そう言って俺は、魔族の体に強力な麻痺魔法をかけた。

魔族が万全の状態なら効かないような魔法だが、これだけボロボロの状態では、魔族の体の抵抗力も落ちている。

俺の魔法はすぐに効果を発揮して、魔族は動かなくなった。

これで当分の間、目を覚ますこともないだろう。

いくら本能があるとはいっても、強力な麻痺魔法の影響下では体を動かせないからな。

「3人とも、戦闘は終了だ！　手伝ってくれ！」

「手伝うって……人体実験をですか？」

「ボク達もついに、マッド魔術師の仲間入り……!?」

ルリイ達はそう言いながらも、俺の元へとやってきた。

俺は半魔族が動けないように魔法で拘束しながら、二人の言葉に答える。

「人体実験というのは、少し大げさな言い方だったな。実際にやるのは、治療に近い」

「治療って、もしかして……」

「ああ。こいつを人間に戻す」

【理外の術】によって、半魔族は人間から魔族に変わった。

情報を喋る(しゃべ)ることができないのは、その本能が理由だ。

物理的に魔族の部分を除去するというのは、あまり現実的ではない。

すでに半魔族の体は、魔族の部分のほうが多い。

魔族の部分を無理矢理取り除いてしまえば、生命の維持はできないだろう。


人間からの移植というのも難しい。

移植元がないという問題もあるが、まず魔族に近い存在となった半魔族に対して、純粋な人間の臓器を移植したところで……恐らく、効果は薄いだろう。


となれば、今ある体を魔族に戻すしかない。

【理外の術】が、人間を魔族へと変えたのだ。

であれば、逆に元に戻す方法があっても、おかしいとは言えない。


「あ、そういうことなんですね！　……まさか本当に人体実験なのかと思って、びっくりしました！」

「それで……どうやって戻すの？」

「分からん。まさに人体実験なんだ」

アルマの質問に、俺は素直に答えた。

目的は確かに、魔族化の『治療』だ。

だが……方法自体に関しては、手探りにならざるを得ない。

だから、これは人体実験だ。

「ルリイ、こいつを地面に縛り付ける拘束具を作ってくれ。材料はミスリル合金で、魔法付与は強度重視だ」

「わ、分かりました！」

収納魔法から取り出した材料を受け取ると、ルリイはそれを拘束具の形に成形し、俺に手渡した。

俺はそれを使って、魔族を地面に縛り付けた。

実験の途中で攻撃を受けるのは、できれば遠慮したいからな。

「さて……まずは下調べだな」

俺はそう呟いて、魔族の体内の状況を詳細に調べていく。

特に重点的に調べるのは、魔力の歪みだ。

魔力の動きというものは基本的に、全て魔法理論で説明がつく。

もちろん、その理論も簡単ではないが……前世で長い時間をかけて魔法について研究した俺の場合、その動きは体に染みついている。

それで説明がつかない部分がわずかにでもあれば、それは【理外の術】による影響だ。

その歪みを見つけることによって、どこに【理外の術】があるかは推定できる。

だが、そこから先……【理外の術】の作用や操作法を探るとなると、頼れるのは自分のカンだけだ。

何しろ、理論らしい理論は一つもないからな。

「魔力安定化の結界と、衛生確保の魔法を頼む」

「はい」

そう言ってルリイが魔力を安定させる効果を持つ魔法と、衛生確保用の魔法を展開し始める。

俺はその様子を見ながら、半魔族の体に手を当てて、半魔族の体の様子を、継続的に観察する。

半魔族の体は今も、少しずつ魔族へと変化しつつあるはずだ。

目に見えないほどゆっくりな変化であっても、高い精度で時間をかけて観察すれば、気付ける可能性はある。

その変化を摑(つか)めれば、【理外の術】がどのようにして半魔族を魔族へと変えていくのかが分かるかもしれない。

治療のための、貴重な手がかりだ。

そして、静かに観察を続けること、およそ30分後。

俺の感覚は、ようやく変化を捉(とら)えた。

「……見えた」

先ほど俺の感覚が捉えたのは、わずかな魔力の歪みだ。

その歪みが、微かに移動した瞬間……体が、ほんの少しだけ魔族へと変化した。


だが俺が注目したのは、その変化自体ではない。

変化が起こった後の場所……すでに魔族の要素が強まった後の場所に、ほんの少しだけ【理外の術】が残っていたということだ。

一見、当たり前のようにも見えるが……もし魔族化を維持するために【理外の術】が残っている必要があるとすれば……【理外の術】を除去するだけで、こいつを人間に戻せるかもしれない。


「まずは、やってみるか」


半魔族の体のうち、胴体や手足は魔族化の度合いが大きく、頭部などは比較的人間に近い。

【理外の術】による魔力の歪みは、この人間と魔族の境界部分に集中していた。

先ほど、半魔族が必須魔力不足に陥った時、急激に魔族化が進んだ。

では、逆に必須魔力を増やしたらどうなるのか。

通常の場合、自分以外の生物の魔力を動かすのは難しい。
相手が高位の魔族で、動かすのが必須魔力となれば尚更だ。
だが相手が意識を失っていれば、不可能ではない。

俺は自分の魔力を使って、半魔族の体内の必須魔力を意図的に増強した。
すると【理外の術】による魔力の歪みが、まるで必須魔力を避けるかのように移動する。

「……やっぱり、動いたか」

動かす方法が分かれば、体内から排出するのは難しくない。
俺は必須魔力を動かして、体の端に追い詰めるようにして【理外の術】を集めていく。
そして、体内にあった【理外の術】のほとんどを、魔族の爪の1本に集め……その爪に、一気に必須魔力を集中させる。

すると……半魔族の体から、鮮やかな青色の結晶が染み出した。

「何か落ちた！」

「すごく、毒々（どくどく）しい色ですね……」

「ああ。これが恐らく【理外の術】の結晶だな。触れないように気をつけてくれ」

俺はそう言って収納魔法からピンセットを取り出し、つまむようにして金属製の容器に【理外の術】を収納した。

そして間違って触れてしまうことがないよう蓋（ふた）をして、半魔族に視線を戻す。

半魔族の見た目は、【理外の術】を取り出す前とほとんど変わっていない。

「うーん……あんまり変わってないように見えるけど……」

「確かに、ほとんど変わってないな」

先ほどの作業で、半魔族の体内にあった【理外の術】のうち99％以上が排出された。

だが半魔族の姿は、先ほどまでとほぼ変わらないままだ。
いや、むしろほんのわずかに、魔族化が進んだかもしれない。

「もう、これ以上は動かないみたいだな」

俺は魔族の体内で必須魔力を動かしてみるが、【理外の術】と思しき魔力の歪みは、もう動かなかった。
恐らく、わずかに残った【理外の術】が、半魔族の体と強固に結びついているのだろう。
もしかしたら……この結びつきこそが魔族化の正体なのかもしれない。

だが……。

「よし、これは治せそうだな」

俺は魔族の体を観察した末、そう結論を出した。
そして……先ほど魔族の体から取り出した【理外の術】を収めた容器を、もう一度開く。

「……【理外の術】を使って治療をする方法が、何か分かったんですか？」

俺の動きから、やりたいことを察したのだろう。

ルリイが容器に近付かないように注意しながら、俺にそう尋ねる。

「ああ。……ここを見てくれ」

そう言って俺は、半魔族の指の先を指す。

手足といえば、半魔族の体の中でも最も魔族化が進んでいた……というか、最早完全に魔族へと変わっていた部分だ。

その爪のうち1本……具体的には、先ほど【理外の術】を取り出した時に【理外の術】を集めた指を除いては。

「こ、これ……人間の指じゃないですか！」

「ああ。人間の指だ」

【理外の術】を取り出すために、全身からかき集めた【理外の術】を集めた指。

全身の中で最も大量の【理外の術】に晒されたはずの指だけが、人間のものへと戻っていた。


この理由は、なんとなく想像がつく。

俺が半魔族の体内から【理外の術】を取り出した時、指先に集められた【理外の術】はひとりでに結晶化した。


問題は、この結晶化の瞬間だ。

魔族の指先で微少な結晶ができた次の瞬間……結晶は周囲から【理外の術】を吸い上げ、急激に大きくなった。

この吸収現象に、半魔族の体と【理外の術】のつながりを引き剝がすほどの力があったのだろう。


どうやら魔法回路への負担が大きいようで、結晶化と引き換えに『魔束砲』に耐えた部分の魔力回路までかなりのダメージを受けてしまうようだが……死んだり、魔族になったりするよりはずっとマシだろう。

高出力の魔法は二度と使えないだろうが、そのくらいは我慢してほしいところだ。

同じことを繰り返せば、半魔族の体を元に戻せそうだ。

そう考えて俺は、【理外の術】の結晶を容器から取り出し、魔族の体に触れさせた。

【理外の術】の結晶が触れても、半魔族の体は何の反応も示さなかった。

だが、俺が魔力を制御して必須魔力を減らしてやると、結晶はまた半魔族の体に溶け込んでいった。

あとは、少しずつ場所を変えて【理外の術】の結晶化現象を起こし、体を人間へと戻していくだけだ。


長い作業になりそうだが、難しい作業ではない。

どうやら、上手くいきそうだな。

Shikkakumon no Saikyokenja

第八章

chapter 8

……それから数時間後。
半魔族……いや、『半魔族だった男』の体は、完全に人間へと戻っていた。
ボロボロになっていた体は回復魔法によって治癒され、傷一つない状態になっている。

「よし、麻痺魔法を解くぞ」

俺はそう言って、魔法を解除した。
だが半魔族だった人間は、まだ目を覚まさない。

「ふむ……」

俺は試しに適当な水魔法を使い、顔に水をかけてみた。
すでに体の問題は取り除いてある。

起きない理由があるとしたら、それはただ寝ているだけだろう。

「ぬわっ！」

案の定、彼は目を覚ました。
何が起こったのか分からないといった顔で目をしばたたかせた後、彼は呟く。

「体が、重い……一体何が……」

「魔族の体から人間の体になったら、重く感じるのは当然だな。筋肉が段違いだ」

「に……人間⁉」

男は驚いた声を上げて、自分の手に視線を落とす。
手が魔族ではなく人間のものになっているのを確認して、男は呟いた。

「な、何だ……夢か。まさか本当に、人間に戻れたのかと……」

「夢じゃないんだが」

「だが、戻れるわけが……ぶっ！」

困惑の表情で呟く男に、俺はもう一度水をかけた。

ただでさえ治療作業は手間がかかったのだから、これ以上面倒をかけないでほしいものだ。

「どうだ？　これでもまだ、夢だと思うか？」

咳き込む男に、俺はそう尋ねる。

これでもまだ夢だと思い込むようなら、もうちょっと手荒な手を使うことになるな。

「げほっ……ゆ、夢じゃなさそうだ！　一体なぜ、こんなことが……」

「覚えてないのか？　麻痺魔法を受ける前のことを」

俺の言葉を聞いて、男は少し考え込む。

そして……急に顔を上げ、口を開いた。

「お……思い出した！　私は異常な強さの少年と戦って負けて、その後で……人間に戻るための、人体実験を……」

「実験は成功だ。お前はもう、ただの人間だ」

「まさか、私でも治せなかった魔族化を君が、いや貴方(あなた)が……！」

男は感動に満ちた声で両手を組むようにして、俺に頭を下げる。

これは……前世の時代に、一部の国で行われていた挨拶(あいさつ)だな。

しかし、俺が生きている間にこれだけ怪(あや)しい魔力反応があったとしたら、前世の俺が見逃すはずがない。

グレヴィルと同じように蘇生(そせい)した可能性もあるが……この男は『壊星(かいせい)』がこの星に落ちるより先に魔族へと変化したはずなので、その可能性も薄そうだ。

死者蘇生を可能にする【理外の術】が他にあったという線もなくはないが、体の様子を見る限り、どちらかというと魔法的冬眠などの影響があるような気がする。

「ところで……お前の処遇について決めたいんだが、話はできるか？」

「はい。完全に人間へ変わったわけではないとはいえ……元魔族の私を、放っておくわけにはいきませんよね」

今の時代において、前世の時代の魔法知識を持つ者は貴重だ。

特にこの男は、【詠唱魔法の核】を作ったほどの知識と技術を持っていることから考えて……前世の時代の中でも、魔法研究者や高位の魔法戦闘師だったと考えられる。
戦闘に関する知識は乏しかったようなので、有力なのは魔法研究者の線だな。
信用できるかは分からないが、元魔族ということだけを理由に放置したり殺したりするには、あまりにもったいない人材と言える。

しかし何百年もの間、地下に自分自身を封印していたこの男に、今の世界での生活基盤はない。

　魔法能力さえ残っていれば、冒険者としていくらでも働きようはあっただろうが……治療と戦闘の負担で魔力回路が壊れた状態では、それも難しい。

　というか、元魔族を外に出すのは色々な意味で危険すぎるので、最初から放置するつもりはない。

　一応【理外の術】はほぼ完全に取り除いたが、ごくわずかに残った【理外の術】によって、いきなり魔族に変わったりする可能性もゼロではないしな。

　魔族へと変えられそうになった時、自分の命を犠牲にしてまで人間の世界を守ろうとしたあたりを考えると、人格に関してはそこそこ信用できそうだが……鎖（くさり）もつけずに放っておけるかというと、また話が別なのだ。

「その通りだ。残念ながら今の世界で、お前を自由に行動させるわけにはいかない」

「もちろんです。自由どころか……拷問（ごうもん）にかけられて情報を引き出した後で殺すようなことをされても、文句は言えない立場でしょう。自分が魔族に変わってみて分かりましたが……魔族というものは、人間への悪意が結晶化したような生物です。本能に善悪をつけるのが正しいかは分かりませんが、人類の敵であることは間違いありません」

素直に監視を受け入れてくれたか。
もし従わなければ、無理矢理にでも拘束する必要があったが……手荒なことをしなくて済みそうだ。

「元々、助けていただいた命です。私の良心の許す範囲内で、どんな命令にでも従いましょう。……ところで、何とお呼びすれば？」

……そういえば、名前を名乗ってなかったな。
味方に入ることが確定した以上、自己紹介くらいはしておくべきか。

「俺はマティアスだ」

「ルリイです」

「アルマです」

「ワタシはイリスです！」

俺に続いて、３人が自己紹介をする。

男は俺の仲間に人化したドラゴンが混ざっているのに驚いたのか、一瞬イリスのところで視線を止めたが……すぐに口を開いた。

「レイタスです。人間の世界にいた頃は、魔法と魔道具の研究者をやっていました」

「そんな気はしていたが……やっぱり研究者だったか。専門分野は何だ？」

「専門分野はありません。魔法学というものは、全ての分野が密接に関係し合って成立しているものです。それを極めようとすれば、自然に『専門分野』などというものはなくなっていくものです」

なるほど。研究者としては悪くない答えだな。

確かに分野によって優先順位などはあるが、最終的には全ての分野に精通していなければ、一つの分野すら極められないのが魔法というものだ。

もちろん全ての分野を極めるには、普通の人間の寿命では足りないわけだが……自分の身体年齢を変化させる魔法を覚えてしまえば、寿命などというものは意味を失うし。

「しかし……魔法を極める方法という意味では、私にも専門分野があるかもしれません。ガイアスの書物を解読し、そこから魔法学の深淵を学び取る……ガイアス魔法学です」

「……何だそれは？」

ガイアス……急に前世の俺の名前が出てきたぞ。

同名の別人という可能性もあるが……なんだか嫌な予感がするな。

「魔法研究者ガイアスのことは、ご存知ですか？」

レイタスの質問を聞いて、俺達は顔を見合わせた。

イリスは俺の前世がガイアスという名前だったことを知っているが……魔法研究者という呼び名はピンと来ないのだろう。

そもそも今の世界で『ガイアス』と言ったら、もっと有名な存在がいるしな。

「魔法研究者ガイアスですか？　魔法神ガイアスなら知ってますけど……」

俺の代わりに、ルリイが答えた。

そう。今の世界で『ガイアス』といえば前世の俺ではなく、魔法神ガイアスなのだ。

その答えを聞いてレイタスは、質問を続ける。

「今の世界では、そう呼ばれているんですね。確かに彼が残した成果を考えれば、神格化したくなる気持ちも分かります。……では、彼が残した魔法研究の功績はご存知ですか？」

「分かりません……。そもそも神様って、魔法を研究するんですか？」

ルリイの言葉を聞いて、レイタスは残念そうな顔をした。

しかし、『予想はしていた』とでも言いたげな顔だ。

「それすら知られていないとなると……やはり、あの時代の知識は失われていたようですね。

残念ながら、私が眠りを選んだのは間違っていなかったみたいです。……方法はひどく間違っていましたが」

「眠り……魔法冬眠みたいなものか？」

「はい。私が400歳……魔法研究者ガイアスの失踪からは1000年ほど経った頃のことですが……いくつかの、世界を滅ぼしかねない装置の実用化が始まりました。ガイアス魔法学を少しでも学んだ者なら、すぐに危険すぎると分かるような代物です。いつか起こる破滅に巻き込まれることを回避するために、私は魔法冬眠に入りました」

なるほど。

確かに魔法災害の種類によっては、頑丈なシェルターなどにこもっていても死ぬことはあるからな。

あまりに強力な魔力波などは、魔法シェルター越しにでも殺傷力を持つものだ。

その点……魔法によって一時的に生命活動を止める『魔法冬眠』は、やりようによっては強力な魔力波の影響すら遮断できる。

もっとも、長期間の『魔法冬眠』を成功させるには、それなりに高い技術が必要になるのだが。

まして文明の破滅に巻き込まれて装置自体が魔力波によって崩壊する可能性もあるとなれば、頑丈さも必要だしな。頑丈かつ精密というのは、一番難しい注文の一つだ。

「眠る前に、危険な装置の稼働を止めさせなかったのか？」

「もちろん止めました。しかし当時の御用学者達は、ガイアス魔法学を理解できなかったようで……我々の反対を押し切って、計画は進められました。知識には自信がありましたが、政治は苦手なもので……」

……おおかた魔法研究に忙しくて、偉い人などへのアピールをしていなかったんだろうな……。

研究者としてはそれなりに優秀だったのかもしれないが、国などを止める力はなかったというわけだ。

「一つ、勘違いしていただきたくないのは……私が眠ったのは、自分の命のためではないということです。政治を止められない以上、あの文明を救うことは諦めました。しかし人類の宝……魔法研究者ガイアスの業績まで、この世界から消してしまうわけにはいきません。そこで私はあのガイアス魔法学の書物とともに、眠ることを選んだのです」

「そ、そうか……」

まさか俺の著書を研究するのが、専門の学問になっていたとは……。

道理で『詠唱魔法の核』の構成が、俺の本の影響を受けていたわけだ。

年齢を考えると、レイタスが研究を始めたのは俺が転生を選んでから600年ほど経った頃だ。

俺と直接会ったことがある者はほとんどいない時代だろうし、本などもいつ書かれたものなのか分からなくなっていてもおかしくはない。

俺の本の中にはまともなものもあるが……若い頃に書いた本に関しては、非効率な部分や間違った部分も少なくない。

できれば焼き捨てたいような本だってある。

もしレイタスが間違った内容の本を持っているとしたら……どうにかして処分させるか、読ませないようにすべきだろう。

できれば、正しい本ばかりだと信じたいところだが……実物を見て確かめたほうがよさそうだな。

「ところで、その書物はどこにあるんだ？」

「私の頭の中です。冬眠する前に、手に入る限りのガイアス書物を全て暗記しました。……中身が理解できているのはごく一部ですが、原典さえあれば研究を進められますから」

「……そうか」

どうやら本を取り上げる計画は失敗のようだ。

しかし、レイタスの専門分野が書物からの研究となると……俺が本に書いた以上の知識はあまり期待できないかもしれない。

彼が作った魔道具を見る限り、今の世界では十分に役立つ知識だろうが……前世レベルの研究ができる奴(やつ)には、他の研究を任せたいんだよな。

純粋な魔法に関する研究は、前世でやり尽くしてしまったのだが……【理外の術】の実物を使った研究は、まだまだ進んでいない。

俺は自分自身の鍛錬(たんれん)で忙しいという問題があるので、研究に慣れた人材がいると楽なのだ。


「ちなみに、本を読む以外の研究はやってないのか？」

「もちろんです。魔法研究者ガイアスは間違いなく人類史上最高の天才でしたが……だからこそ、彼が書いた本は天才にしか理解ができないものです。彼と同じ道筋を辿(たど)って思考することは、我々凡人には不可能と言っていいでしょう。あらゆる分野の知識を動員し、時にはオリジナルの魔法研究を組み合わせ、凡人にもできるやり方で大天才ガイアスの書を解読していく……それこそがガイアス魔法学なのです」


うーん。

分かりやすく書いたつもりなんだが、俺の本は難しいのか……。

どこが分からないのか言ってくれれば、暇な時に教えてもよかったのに。

まあ、こいつの知識や能力については、後で話せばいいか。

実際にやらせてみなければ、分からないこともあるしな。

それより、いま一番重要なのは俺の知らない分野……つまり【理外の術】だ。

「レイタスの研究については、なんとなく理解した。それとは別に、話に答えてほしいんだが……この結晶に、心当たりはあるか？」

そう言って俺は、レイタスの体内から取り出した【理外の術】を取り出し、男に見せる。

相変わらず、毒々（どくどく）しい青色をしている。

「いえ……ありません。しかし、その魔力の歪（ゆが）みには心当たりがあります。……【理外の術】ですね？」

「ああ。最初から、この結晶だったってわけじゃないのか」

「私が取り込んでしまったものは、別の形でした。長期間の維持が困難な魔法冬眠魔法を補助するために、偶然手に入った【理外の術】を使ったのですが……冬眠している間に侵食が進み、あの有様でした」

……技術の不足を【理外の術】で補ったわけか。確かに悪い発想じゃないな。

その【理外の術】の副作用について詳しく調べなかったのは彼の落ち度だが、世界の破滅までに時間がなかったのなら、安全性を無視してでも成功に賭けるというのは、合理的な判断だ。

この研究者……なかなか使えるかもしれないな。

そう考えつつ俺は、周囲の魔力反応を探る。

すると迷宮には、異変が起きていた。

いや……正確に表現するなら、『異変が収まって、正常な状態に戻りつつある』とでも言うべきか。

「お前が魔力の管理をやめてから、もう何時間も経った……魔物が現れるのも時間の問題だぞ」

迷宮というのは本来、魔物が現れるものだ。

今まではレイタスの管理によって魔力を龍脈へと逃がし、魔物が現れない状態を維持していたが……管理がなくなれば、すぐに元に戻ってしまう。

浅い階層ならともかく、66階層ともなると、迷宮を構成する魔力の量も多いからな。

むしろ今まで魔物が現れなかっただけ、運がよかったとでも言うべきか。

「……そのようですね。ここは……第何階層でしたか？」

「66階層だ」

「そのくらいなら、脱出は簡単ですね。マティアスさん達の手を煩わせるまでも……」

そう言ってレイタスは、攻撃魔法『反攻結界』を組み上げようとする。

これは近寄って来た魔物を無差別に攻撃し、粉砕することによって道を切り開く魔法だ。

格下にしか通用しないが、移動の邪魔となる魔物を蹴散らすには最適な魔法だろう。

だが……その魔法は、発動しなかった。

レイタスは首をかしげながら、自分の体内の様子を探り……事態を悟ったようだ。

「……すみません、魔力回路の調子が悪いようで……高出力の魔法は使えそうにありません」

「大丈夫だ。元々、戦闘要員としては期待していないからな。……3人とも、邪魔な奴だけ倒しながら戻るぞ」

「分かりました!」

そう言っている間にも、目の前の通路に魔物が現れ始めた。

ここから一番近くにいる魔物は、ワイバーン——下級竜とも呼ばれる、ドラゴンに似た姿の魔物だ。

どうやらレイタスの制御が解けた直後でも、魔物は弱くなっていないようだな。

「俺はレイタスの護衛につく。素材とかは後回しで、とにかく目の前の敵を倒してくれ」

「「了解!」」

そう言ってイリスとアルマは、帰り道を塞ぐように現れた魔物を倒し始めた。

ルリイはいつも通り、アルマに矢を渡す係だ。

60層クラスの魔物ともなれば、昔のアルマ達では歯が立たない相手だったが……今は危なげなく戦っているようだ。

3人とも、随分と成長したものだな。

そう考えつつ俺は探知魔法を発動し、周囲の様子に目を光らせる。

このくらいの相手なら、アルマ達3人で十分だ。

だから俺はあえて戦わずに余力を残し、不測の事態に備えているというわけだ。

「今の時代の教育はすごいものですね。ドラゴンは別としても、貴方たちの歳でそれだけの力を持つ魔法戦闘師がいるとは……。詠唱魔法使いばかりになってしまわないかと心配していたのですが、杞憂だったようです」

ルリイ達の戦いを見ながら、レイタスがそう呟いた。

この3人……イリスを除けば2人が受けたのは、この世界における一般的な教育というわけではないが……根本にある教育方針は、第二学園でも同じものを使っている。

第二学園だけ見れば、確かに今の世界も、前世と比べてそうレベルが低いというわけでもなくなっているだろう。

それはそうとして……レイタスは案の定、この世界が詠唱魔法使いばかりになる可能性を自覚した上で、あの『詠唱魔法の核』を作ったようだ。

理由については、聞いておく必要がありそうだな。

「あの『詠唱魔法の核』を作ったの、お前だな？」

「今はそういう呼び方をされているんですね。……詠唱によって、訓練なしで魔法を使うことができるようになる装置は、確かに私が作ったものです。……あの装置が、どうかしましたか？」

「魔族があの魔道具を利用して、無詠唱魔法を衰退させたんだ。……つい数年前まで、この世界には無詠唱魔法すら存在しなかった」

まあ厳密に言えば、ギルアスのように無意識に無詠唱魔法を使っていた者はいたのだが……無詠唱魔法を一つの技術として体系的に学べるようになったのは、ほんの最近のことだ。

あの『詠唱魔法の核』がなければ、ここまで酷いことにはなっていなかっただろう。

「流石に、それは冗談ですよね……？　彼女らの魔法を見ましたが、明らかに高度に体系化された魔法理論によるものです。身体年齢を操作する魔法を使った形跡もありませんし……この歳であそこまで魔法を使える技術を身につけるような教育体制を、たった数年で作れるわけがありません」

何本もの矢をまとめて放って魔物を蹴散らすアルマを見ながら、レイタスがそう呟く。

敵のうち半分以上はイリスが倒しているが……適当に暴れ回っているだけのイリスは討ち漏らしが多いため、アルマの出番も少なくないのだ。

最近では、イリスが討ち漏らしそうな魔物を事前に予測して、先回りして倒してしまうことが多いため、その『討ち漏らし』すらほとんどないのだが。

「こういう魔法を使うようになったのは、本当に最近だよ！」

アルマが戦いながら、レイタスに向かってそう叫んだ。

どうやら随分と余裕があるようだ。


「い、一体どうしてそんなことが……」


そう言ってレイタスは、困惑の様子で目を白黒させた。

経緯を説明するのは簡単だが、少しだけ自分で考えさせてみるか。

自分の常識とは違うことが起こった時に何を考えるかは、研究者としての能力に大きく関わってくるからな。

正解は当てられなかったとしても、『自分と同じ魔法冬眠者が今の世界に現れ、無詠唱魔法を広めた』可能性や、【理外の術】によって蘇生した者がいた可能性を考えられれば上出来といったところか。

などと思いつつ様子を見ていると……レイタスが口を開いた。


「もしかして、マティアスさんが教えたんですか？」

ヒントも出さないうちから、一発で当てられてしまったか。
人物まで特定するのは、中々難しいと思うのだが……当てずっぽうではないように見える。
一応、理由を聞いておくか。

「何で分かった？」

「魔法です。あの２人が使っている魔法も、学生レベルとしては洗練されていますが……先ほどから貴方が常時展開している探知魔法は、私ですら理解が追いつかない代物です。さらに言えば……術式や魔力の構成があまりに自然すぎます。それだけ複雑な魔法を、まるで息をするように扱う……間違っても『ここ数年で、魔法を教わった』者ができる芸当ではありません」

「だから、俺が教えたと思ったわけか」

「はい。魔法教育がここ数年で変わったのだとしたら、それ以前に無詠唱の魔法を使っていた者が教えたと考えるのが自然ですから」

どうやらレイタスは、思ったより頭が回るようだな。

これなら研究要員として、十分に使えそうだ。

本人の魔法回路がだいぶ損傷しているため、直接的に魔道具の生産や戦闘に携われるかというと微妙なところだが、第二学園に置いておくだけでもかなり役に立ちそうだな。

こういう奴が10人くらい欲しいのだが、残念ながら【理外の術】に人間を分身させる効果はないようなので、どこに回すか考える必要があるな。

【理外の術】について調べさせるのはとりあえず確定としても、専門的な魔法教育にも関わらせるべきだろうか。

俺の本の解読には手間取っていたようだが、グレヴィルや今の世界の住民とは比べものにならないほどの知識を持っているのは間違いなさそうだし。


などと思案していると、通信魔法が入った。

『ところで……マティアスさんがそんなレベルの知識を持っている理由にも、心当たりがあります。言ってみても大丈夫ですか？』

『わざわざ通信魔法で言ってくるってことは、結構自信があるのか？』

魔法研究者だけあって、この通信魔法は盗聴に極めて強い作りになっている。
出力は決して高くないが、高い魔力制御力が要求される魔法だ。
どうやら魔法出力は落ちていても、それ以外の部分は残っているようだな。

『それなりに自信はあります』

『そうか？』

『はい。魔法研究者ガイアスが『転生します。探さないでください』という置き手紙を残して去ったのは、有名な話です。それから1000年近い間、ガイアスの転生体が発見されたという報告はありませんでした。あれほどの大天才が、転生魔法に失敗するわけがありません。それに、私自身ですら対処できなかった【理外の術】を、初めて見たその場で私の体から引き剝がすような能力を考えれば……もう、可能性は一つに絞られます』

そう言ってレイタスは、俺の方を見る。

『あなたが、その転生体ですね』

『そうだ』

レイタスの言葉に、俺はそう答えた。
いずれは話すつもりだったが、自分から気付いたか。

『やはりですか。まさか転生した先で、自らが生涯を捧げて研究した相手本人に出会えるとは……！　正直なところ、まだ実感が湧きませんが……私は随分と、幸運に恵まれたようですね』

『幸運だとは限らないけどな。お前はこのあと上司になるグレヴィルにこき使われることになるぞ。……それと、俺の本について研究するのは中止だ。魔法的な知識が必要なことがあれば、その時に聞いてくれ』

『ガイアス様自ら、教えていただけるのですか⁉』

『他に、同じ知識を持った奴がいないからな。……とは言っても、今の世界で高度な知識が必要になる場面はあまりない。魔法研究はしばらく休んで、自分の仕事に専念してくれ』

そう言って俺は、通信魔法を切った。

詳しいことについては、後でグレヴィルとも相談したほうがよさそうだな。

いずれにしろ、ここから先は通信魔法でやる必要はなさそうだ。

「それで、話を『詠唱魔法の核』に戻すが……あんなもの、どうして作った？」

「……私が冬眠から覚めたとき、人類はすでに魔族との戦いに負けつつありました。当時の魔族は信じられないほど弱いものでしたが……魔法すら使えない人類は、それにすら勝てない状態だったのです。……それこそ、青銅や木でできた竹で戦うような有様で……」

なるほど。

確かに文明が滅んだとなれば、それこそ原始時代からやり直しでもおかしくはないからな。

そう考えれば、レイタスが自分を封印する前……おそらく１０００年近い過去の人類が、通常の魔法すら使えなかったとしても、おかしくはない。

「で、その時すでにレイタスは半分魔族で、自分では魔族と戦えない状況だったたってわけだな」

「お察しの通りです。しかし当時はまだ人間の部分が多く、魔道具を作るくらいはできたので……せめてもの手助けとして、あれを作ったというわけです」

「じゃあ、詠唱魔法の性能をわざと低くした理由は？」

ただ人類を勝たせるためという目的であれば、詠唱魔法の性能は目一杯強く設定すればいいはずだ。

先ほどまでの話しぶりからして、何となく理由の見当はついているが……やはり本人から聞いておきたいところだな。

「たとえ詠唱魔法がある世界でも、いつか誰か……天才と呼ばれるような人種が、無詠唱魔法の存在に気付いたと思います。その時、あまり詠唱魔法が便利だと、その魔法が埋もれてしまう可能性がありました。そこで、ごく原始的な無詠唱魔法でも詠唱魔法よりは強くなるように、その威力を設定したのです。……当時の魔族は弱かったので、あの性能で十分でしたから」

「そうか……。レイタス、ご苦労だった。今の世界が残っているのは、その判断のおかげかもしれない」

もしレイタスの判断がなければ、俺が生まれる前に世界は滅んでいたかもしれない。

彼が『詠唱魔法の核』を作る時参考にした本は、あまり洗練されていない内容だったが……俺が生まれる前の世界を守る役に立ったなら、書いた甲斐(かい)があるというものだ。

「ありがとうございます。しかし……マティアスさんがいなければ、その私自身が世界を滅ぼすところでした。魔法も衰退させてしまったようですし……」

「俺が動くまで持たせられたなら十分だ。結果論といえば結果論だが……その結果こそが大事なわけだからな」

まあ、たとえレイタスが人類を救った功労者だとしても、グレヴィルがレイタスをこき使うのを止めるつもりはないのだが。

まだまだ人手は足りていないのだ。

特に前世の時代の魔法理論を専門的に勉強した者となると、使い道はいくらでもある。

『どんな命令にでも従う』の約束通り、何でもやらせるつもりだ。

などと企んでいると……レイタスが口を開いた。

「すみません。結果という意味でも、私がやったことは不十分かもしれません。極めて危険な火種を、一つ残してしまいました」

「……どういうことだ？　魔族のことなら、お前がここにいる間にだいぶ静かにしたが」

魔族による危険は、すでに薄れつつあると言っていい。

数の多かった下級魔族は『天の眼』によって全滅状態へと追い込まれ、中級魔族なども目立った動きをする者は倒して回っているため、その行動はどんどん目立たなくなっている。

俺が領地にいた間、魔族の襲撃などが理由で呼び出されることがなかったのが、その証拠だろう。

『混沌の魔族』の話を考えると、まだ強力な奴が何人か残っているようだが……数年前と比べて、魔族の脅威が小さくなっているのは間違いないだろう。

とはいえ……俺がガイアスであることに気付いたレイタスが、あの程度の魔族を『極めて危険な火種』とまで言うだろうか。

いくら転生によって前世に比べては力が落ちていると言っても、対処できる範囲だと予想はつくはずだ。


もっと強力な魔族という可能性もあるが……封印された時点では人間の部分のほうが多かったであろうレイタスが、そこまで魔族の事情に詳しいとも思えない。

そもそも魔族というのは、基本的に群れない生き物だしな。


「魔族ではなく、プレアディスという名前の人間です。私が冬眠に入る前のことですが……やはり殺すか、厳重に監視をつけておくべきでした」


やはり魔族ではなかったか。

となると怪しいのは……レイタスが魔族へと変わることになった、【理外の術】だな。

そもそも魔法の研究が専門のレイタスが、魔法理論から外れた【理外の術】に詳しいというのも考えにくい。

ならば、あれを提供したり使い方を教えたりした人間は別にいるはずで……。

「その人間というのは、【理外の術】絡みか？」

「今の話だけで、そこまで分かってしまうんですね。……仰る通り、私に【理外の術】を渡した人物です。当時から怪しいとは思っていたのですが……あの【理外の術】が私の魔族化を進めたことで、懸念が確信に変わりました」

「……どんな奴だ？」

「それが……分からないんです。とにかく神出鬼没で、あちこちの国と関係を持っていて……実用化不可能と言われていた魔素融合炉の建設部品にも、その男が関わっていたと聞いています。詳細は機密との話でしたが、恐らく【理外の術】絡みでしょう」

なるほど。

その話が本当だとしたら、前の文明が滅んだのもその男のせいということになるな。

「その男、何歳くらいだ？　……怪しいと思ってたなら、素性も調べてるよな？」

「はい。私が眠りについた当時で、123歳だそうです。身元自体に不審な点はありませんでした。【理外の術】を入手した経緯は不明ですが、プレアディス以外に同様の【理外の術】を入手した者は見つかっていません」

123歳か。若いな……。

魔法研究者や魔法戦闘師だとしたら、まだ基礎的な知識を勉強している段階だ。

そんな『若者』が世界中あちこちの国に技術を提供するというのは、尋常なことではない。

「そのプレアディスって奴、何でそんなことができたと思う？」

「……経歴を考えると……たまたま優秀な、しかし人格面で未成熟な魔法研究者の卵が【理外の術】を入手したのではないかと。実物をもとに研究を進めれば、使い方を把握できる可能性は十分にあります。……安全性の検証を考えなければですが」

なるほど。確かに、考えられなくはないな。

だが……今の話を聞いて、俺は別の感想を抱いた。

その理由は、今の世界に【理外の術】が多すぎることだ。


宇宙の魔物の破片である【理外の術】がこの星に落ちることは、決してよくある現象ではない。

計算上、ある5000年の間に【理外の術】が落ちる可能性は……高めに見積もっても1万分の1。


レイタスの体内にあった【理外の術】は、『壊星』とは明らかに別のものだった。

つまりこの5000年間で、この星に『レイタスが使ったもの』と『壊星』という、2つの【理外の術】が落ちてきたことになる。

これはもう、まさに天文学的確率だ。偶然で片付けるのは難しい。


さらに、たった123歳の研究者が【理外の術】を入手した程度で、各国の中枢（ちゅうすう）……それも魔素融合炉などの設計に関われるというのも、不自然な話だ。

俺も当時の政治には、グレヴィルなどを通じてほんの少しだけ関わっていたが……十分な信用のない研究者が、理論的に説明のできない技術を魔素融合炉に使うなどと提案して、簡単に通るようなことはあり得ない。

600年経ったところで、それは変わらないだろう。


となるとプレアディスは不自然なまでのスムーズさで、魔素融合炉の建設に辿り着いたことになる。

そこまで優秀な人間が、たまたま他人に気付かれない形で【理外の術】を入手したというのも不自然だ。

【理外の術】は隕石のような形で落ちてくるもののはずなので、前世の時代の観測機関が、そんな目立つものを見逃すわけもない。


何もかもが不自然だ。

だが……この不自然さに説明をつける方法が、一つだけある。


「俺の予想が正しければだが……敵は人間じゃないな。魔族でもない」

「人間でも、魔族でもない。それはつまり……魔物ということですか？」

「いや、違うな」

俺はそう言って、上を指す。

迷宮の天井……ではなく、その上にある空を。

「宇宙の魔物だ。宇宙の魔物には、人間と似たような知能を持つ者がいる可能性もある。……そういう奴が手駒としてプレアディスを送り込み、道具として【理外の術】を渡した……そう考えると、説明がつくと思わないか？」

俺の言葉を聞いて、レイタスは目を白黒させた。

確かに、この星で起こった問題に対して『宇宙に住む魔物の侵略行為だ』などと考えるのは、普通の考えではないだろう。

だが他の、もっと納得のいきやすい理由で、プレアディスがやったことに説明がつかないのも事実だ。

そうである以上、認めざるを得ないだろう。

俺達の次の敵は……宇宙の魔物だと。

「これは……面白くなってきたな」

レイタスが転生した時代から、すでに５０００年以上経っている。

その間に起こったことを考えれば、プレアディスは死んでいてもおかしくはないが……プレアディスが生きているにせよ死んでいるにせよ、その主である宇宙の魔物が死んでいるとまでは考えにくい。

となれば、プレアディスに【理外の術】を渡した宇宙の魔物は、まだこの星に目をつけていてもおかしくないのだ。

この星に『壊星』が落ちたのにも、その宇宙の魔物が関わっている可能性は高い。

俺はいつか宇宙の魔物と戦うことを考えて、強くなるために転生した。

しかし……まさかこんなに早く、しかも向こうのほうから、宇宙の魔物が侵略してくるというのは……流石に意外だった。

できれば、もう少し準備期間が欲しいところだったが……そう言ってもいられないな。
今できる方法で、対処を考えるしかないようだ。
場合によっては……戦うことになる。

あとがき

アニメ化！！

失格紋の最強賢者、ついにアニメ化です！

マティアス達の物語が、ついにアニメになります！

アニメ版のマティアス達がどんな活躍を見せるのか、私も今から楽しみです！


なんと私の別シリーズ『転生賢者の異世界ライフ』も同時にアニメ発表で、ダブルアニメ化となります。

ダブルアニメ化……聞き慣れない単語だなと思った方も多いと思います。私も聞き慣れませんし、自分がそんな発表をするとは思ってもいませんでした。

1巻が出てから、もう4年ほども経つんですね……。感慨深いものです。

ここまで来ることができたのは、関係者の方々と読者の皆様のおかげです。ありがとうございます。

……というわけで、本シリーズも13巻までやってきました。

13巻で今更……と言われてしまうかもしれませんが、アニメ化発表を見て来てくださった方などもいらっしゃると思うので、本シリーズの概要を軽く説明させていただきます。

本シリーズを初めて手にとっていただいた方に向けて軽く説明いたしますと、本シリーズはさらなる強さを求めて転生した主人公が、技術の衰退した世界の常識を破壊しつくしながら無双するシリーズとなっております。


それはもう、ひたすらに最強で、圧倒的に無双します！

全巻までをお読みになった方はすでにお分かりかと思いますが……とにかく徹頭徹尾、主人公無双です！

どのように無双するかは……本編をお楽しみに！


ということで、謝辞に入らせていただきたいと思います。

修正などについて、的確なアドバイスをくださった担当編集の皆様。

素晴らしい挿絵を描いてくださった風花風花様。

漫画版を描いてくださっている、肝匠先生、馮昊先生。

それ以外の立場から、この本に関わってくださっている全ての方々。

そして、この本を手にとってくださっている読者の方。

この本を出すことができるのは、皆様のおかげです。ありがとうございます。

14巻もアニメも、今まで以上に面白いものをお送りすべく鋭意製作中ですので、楽しみにお待ちください！


最後に宣伝を。

この本とほぼ同日に、『失格紋の最強賢者』漫画14巻、『殲滅魔導の最強賢者』漫画2巻が発売になります！

『失格紋』の漫画に関してはもはや説明はいらないと思いますが……『殲滅魔導の異世界賢者』は、本シリーズの主人公マティアスの前世である「ガイアス」の物語です！

パラレルなどではなく、完全な過去編です！　一部『失格紋』の記述と食い違う部分もありますが……そういった部分の謎は、今後の展開で明らかになっていきます！

こちら、ガイアスの話というだけあってスケールの大きい、超主人公無双の作品になっていますので、興味を持っていただけた方は是非手にとっていただければと思います。

ちなみに『殲滅魔導の最強賢者』原作小説も、現在2巻まで発売中となっております！　こちらは『失格紋（GAノベル）』と違って『GA文庫』さんからの刊行となります！

また、本作品と同時にアニメ発表になった『転生賢者の異世界ライフ』の原作小説第8巻も、この本と同時発売になります。
こちらも主人公最強ものなので、興味を持っていただけた方は是非『転生賢者』もよろしくお願いします！

それでは、また次巻で皆様とお会いできることを祈って。

進行諸島

失格紋の最強賢者13
～世界最強の賢者が更に強くなるために転生しました～
2021年3月31日　初版第一刷発行

著者　進行諸島
発行人　小川 淳
発行所　SBクリエイティブ株式会社
〒106-0032　東京都港区六本木2-4-5
03-5549-1201　03-5549-1167（編集）

装丁　AFTERGLOW
印刷・製本　中央精版印刷株式会社

乱丁本、落丁本はお取り換えいたします。
本書の内容を無断で複製・複写・放送・データ配信などをすることは、
かたくお断りいたします。
定価はカバーに表示してあります。

©Shinkoshoto
ISBN978-4-8156-0970-2
Printed in Japan

ファンレター、作品のご感想をお待ちしております。

〒106-0032　東京都港区六本木 2-4-5
SBクリエイティブ株式会社
GA文庫編集部 気付

「進行諸島先生」係
「風花風花先生」係

本書に関するご意見・ご感想は
下のQRコードよりお寄せください。
※アクセスの際に発生する通信費等はご負担ください。

転生賢者の異世界ライフ８
～第二の職業を得て、世界最強になりました～
著：進行諸島　画：風花風花

ある日突然異世界に召喚され、不遇職『テイマー』になってしまった元ブラック企業の社畜・佐野ユージ。

不遇職にもかかわらず、突然スライムを100匹以上もテイムし、さまざまな魔法を覚えて圧倒的スキルを身につけたユージは、異世界最強の賢者に成り上がっていく。ついには「赤き先触れの竜」にさえ打ち勝ったユージは、「黒き破滅の竜」を倒せる唯一の存在「蒼の血族」ではないかと思われ始める。

もはや「黒き破滅の竜」との戦闘は避けられないと理解した彼は、倒し方を知る新たな仲間「エンシェント・ライノ」をテイムするが、そんな折、最凶の無人島で発生した魔物の変異種についての調査依頼が舞い込み――!?

異世界賢者の転生無双7
～ゲームの知識で異世界最強～
著：進行諸島　画：柴乃櫂人

GA
ノベル

　ついに動き始めたザイエル帝国。エルドと同じ最強職業「賢者」を擁し精鋭を率いる強大な軍勢。だが、エルドには勝算があった。

「俺一人で十分だな」

　彼らに占拠されたライジスから帝国軍を殲滅すべく、敵地に乗り込んでいくエルド。冷静かつ臨機応変な戦術で敵賢者たちを打ち倒していく！

　さらには飛躍的な強化を遂げる「スキル覚醒」を果たし、最強賢者エルドは、さらなる高みへ――!!　あらゆる敵を駆逐していく圧倒的な力！　最高峰の知識と最強の知謀を有する賢者エルドは 帝国の軍勢さえも蹂躙する――!!!

第14回 GA文庫大賞

GA文庫では10代～20代のライトノベル読者に向けた
魅力あふれるエンターテインメント作品を募集します！

大賞 賞金300万円 ＋ ガンガンGAにて、コミカライズ確約！

◆ 募集内容 ◆

広義のエンターテインメント小説（ファンタジー、ラブコメ、学園など）で、日本語で書かれた未発表のオリジナル作品を募集します。希望者全員に評価シートを送付します。

※入賞作は当社にて刊行いたします。詳しくは募集要項をご確認下さい。

応募の詳細はGA 文庫
公式ホームページにて

https://ga.sbcr.jp/